L'ENFANT QUI N'EXISTE PAS

Chantal Massé

-Tu as un passeport ?

La question est si inattendue que Romain ne sait que répondre. Il regarde son père, puis sa mère, aussi abasourdis que lui. Les yeux de l'enfant sont toujours rivés sur lui, attendant sa réponse.

-Bien sûr, sinon je ne serais pas là.

-Tu peux me le donner ?

Le garçon insiste lourdement. Romain se tourne à nouveau vers ses parents qui secouent négativement la tête.

-Non ! Un passeport, ça ne se donne pas ! Et puis je ne pourrais plus rentrer en France !

-Prête-le moi alors ! Je te le rendrai !

-Un passeport ne se prête pas non plus !

Julien, le père de Romain, est intervenu à la place de son fils pour clore la discussion. Face à lui, le garçon s'est voûté. Et malgré sa tête baissée, on voit des larmes couler sur ses joues.

-Je n'y arriverai jamais ! C'était la seule occasion ! marmonne-t-il.

L'instituteur s'approche discrètement de Romain et sa famille.

-Si vous voulez bien attendre un peu, je vous expliquerai. Les cours se terminent dans une heure, leur glisse-t-il discrètement à l'oreille.

Romain s'assied par terre dans un coin de cette salle de classe qu'il découvre. Il voyage durant deux semaines en Afrique avec ses parents Julien et Charline, et son frère Clément. Le but de l'expédition est simple : Découvrir Dakar, lieu de naissance de son père, sorti un peu trop tôt du ventre de sa mère, au Sénégal pour une brève mission humanitaire. La famille profitera du séjour pour visiter le pays, se fondre parmi la population et en apprendre les modes de vie.

Ce jour, leurs pas les ont menés vers un village peul, ces nomades de plus en plus sédentaires, qui ne vivent pratiquement que d'élevage et d'artisanat. Une agence de voyage locale leur a proposé de découvrir ce peuple. Et après un raid sur les dunes de sable toutes proches, leur guide les a déposés ici. Ces quelques instants dans cette école leur permettent de constater les différences avec la scolarité française, avec ce qu'ils vivent.

Cette salle blanche, qui renvoie une chaleur insupportable, dénote avec les autres constructions. Une quinzaine d'élèves de sept à onze ou douze ans s'empile autour de rares tables en bois, ou travaille sur une grande natte colorée étalée au sol, selon leur niveau. Un tableau noir à l'ancienne, avec des craies blanches qui crissent à chaque trait, recouvre un pan de cloison. Les autres murs sont dénudés, les livres et cahiers rares.

-Ils travaillent dans de drôles de conditions ! souffle le gamin.

-Ils n'ont pas les mêmes moyens que nous.

Romain et sa famille sont sortis après la leçon de mathématique et attendent la fin des cours dehors. La chaleur est suffocante. Ils s'assoient à l'ombre, une bouteille d'eau déjà tiède à la main. Ils en avalent régulièrement quelques gorgées, tant pour s'hydrater que pour passer le temps en réfléchissant. Les paroles de cet enfant ont marqué les esprits et tous ont hâte d'en apprendre davantage.

Dans ce village reculé au milieu de nulle part, parmi le sable et les broussailles, plusieurs cases rondes en torchis sont recouvertes de chaume. Des femmes vont et viennent. Certaines portent de grosses bassines lourdes sur la tête comme s'il s'agissait d'un simple chapeau. Elles partent ou reviennent du puits qui se trouve peut-être à plusieurs kilomètres. D'autres lavent du linge dans un bac avec un bébé confortablement installé dans leur dos, blotti dans un tissu chatoyant. D'autres encore pilent du mil à un rythme soutenu mais régulier, sans se soucier de la fatigue occasionnée par ces gestes répétitifs.

Charline, la mère, les admire.

-C'est incroyable, cette énergie ! Et dans ces conditions !

Quelques enfants, trop petits pour se rendre derrière les murs de l'école, jouent avec des morceaux de bois ou de rares jouets que des touristes ont dû leur donner au passage. Les petites filles sont soigneusement coiffées, leurs cheveux crépus attachés par d'adorables couettes ou des tresses retenues par des rubans de couleur. Le sol est si sec que le moindre mouvement fait voler une poussière jaune orangée, comme du sable.

-Pourquoi il voulait mon passeport le garçon ? s'inquiète avec raison Romain.

-Certainement pour faire du trafic ou pour passer à l'étranger. Il semble être dans tes âges, les informations pourraient correspondre, lui répond son père.

-Mais lui est noir et moi blanc ! Pour la photo, ça cloche !

-Tu n'as jamais entendu parler de faux papiers ?

Une femme s'approche d'eux et leur fait signe de les suivre. Le petit groupe se lève et lui emboite le pas. D'un geste de la main, elle les invite à entrer dans une case. Quelques bambins la suivent.

-Comment ils peuvent vivre là-dedans ! s'étonne Clément.

Des cuvettes de différentes tailles s'entassent sur le sol poussiéreux recouvert d'une grande natte. Deux casseroles déformées pendent au mur arrondi.

-Ils n'ont pas de table et de chaises ?

-Ben non, ils mangent par terre ! claque Romain en haussant les épaules.

Derrière un grand tissu déchiré par endroits se cachent plusieurs paillasses amoncelées et recouvertes d'étoffes bariolées usées et décolorées.

Trois bambins leur tournent autour.

-Ils dorment tous ensemble ? Ils n'ont pas de vrai lit ? Ils n'ont pas de chambre ? Ils sont combien là-dedans ?

Clément tourne la tête dans tous les sens pour tenter de comprendre.

-Ils n'ont aucun confort ! En fait, ils n'ont rien ! Que le strict minimum ! Je ne pourrais pas vivre dans ces conditions !

-Si tu étais né là et que tu ne connaissais rien d'autre, tu t'y ferais comme eux, répond Julien.

-Pas de télé, pas de jeux vidéo, pas de douche ! Et même pas de jouets pour les enfants ! enchaîne Clément.

-Et pas de chauffage non plus, continue le père. Pourtant, les nuits sont souvent fraîches. Effectivement vous ne supporteriez pas ce manque de confort ! Comme quoi voyager fait du bien, ça vous montre un peu comment subsistent certaines tribus. Mais ils sont habitués. Ils vivent toujours dehors dans ce pays. N'oubliez pas, les garçons, que ce sont des nomades ! C'est-à-dire qu'ils bougent souvent. Et comme ils voyagent à pied ou, au mieux, à dos de chameaux, ils ne peuvent pas emporter grand-chose dans ces conditions !

Les enfants scrutent les moindres détails de cette hutte pour étudier ce mode de vie qui les dépasse.

-Et là, notre réserve d'eau !

L'homme qui se tient dans la porte leur montre une sorte de grande jarre. Il explique que les femmes font plusieurs kilomètres pour aller la chercher au puits.

-Et grâce à ce système, elle reste fraîche.

Il est le seul adulte à parler leur langue.

-Nous apprenons le français à l'école. Les enfants le maitrisent. Mais pour nous, les adultes, c'est difficile. Nous avons notre dialecte, explique-t-il avec un accent incroyable qui roule énormément les R.

Il accompagne ses hôtes dans la case voisine.

-Ici nous faisons de l'artisanat. L'élevage ne nous permet plus de vivre. Nous sommes de plus en plus sédentaires. Nous fabriquons des animaux en bois, des bijoux, des objets en terre et en métal, et nous les vendons aux touristes.

Il prend un éléphant en bois entre ses mains.

-Regardez ça ! Il est joli, n'est-ce pas ? Et pas cher !

Il le dépose dans celles de Julien.

-Tiens ! Donne-moi cinquante mille francs !

-Ah il ne perd pas le nord, le gars ! Il a le sens du commerce ! s'amuse Charline.

Un brouhaha attire leur attention. Les élèves sortent en se bousculant un peu. Julien repose l'objet qu'il n'a pas envie d'acheter, surtout à ce prix, et se dirige vers l'école. La tête de l'instituteur apparaît peu après dans l'ouverture de la porte. Il maintient le jeune garçon à ses côtés en le tenant par l'épaule.

La famille rentre à nouveau dans la salle et s'assoit face au maître et à l'enfant, qui baisse encore le regard.

-Comment t'appelles-tu ? lui demande Romain, bien décidé à en apprendre beaucoup plus sur celui qui veut lui prendre son identité.

-Fathy ! répond-il d'une toute petite voix, sans oser faire face à ses interlocuteurs.

Il n'a plus la même attitude sure de lui qui avait interpelé le Français pendant la classe.

-Mais c'est un prénom de fille ! ricane Clément.

-Bien sûr que non ! répond Julien. C'est juste une autre culture ! Avec des noms qui peuvent te sembler étranges, un accent particulier, une vie complètement différente. Peut-être qu'ici ton prénom leur semble ridicule !

-Fathy, raconte à ces gens pourquoi tu as demandé un passeport tout à l'heure. Ils ont été tellement surpris !

Vincent, l'instituteur, le rassure en lui parlant d'une voix douce, sans tenir compte des remarques de Clément.

Le jeune élève avale bruyamment sa salive, se passe la main nerveusement dans ses cheveux noirs crépus, prend longuement sa respiration.

-Parce que, si je n'en ai pas, je ne peux pas passer en sixième !

Romain fronce les sourcils, ne comprend pas. Il se tourne vers son père.

-Comment ça ?

-C'est bon, Fathy, tu peux rentrer chez toi ! ajoute Vincent.

Il l'accompagne d'un geste de la main et surveille par l'ouverture que le garçon se soit éloigné. Puis il se tourne vers la famille.

-C'est un enfant qui n'a pas d'état civil. Autrement dit, c'est un garçon qui n'existe pas ! Ici on les appelle des enfants-fantômes !

Le véhicule tout terrain est stationné à l'entrée du village.

-Montez ! Je vais tout vous raconter. Chez moi, on sera plus à l'aise qu'ici.

Vincent a invité les Français. Il a des tas de choses à leur dire ! Des choses qu'ils ignorent, qu'il a appris au fil du temps.

La voiture tousse et fume un peu au démarrage. A cause de la chaleur torride et du soleil qui cogne sans ombre autour, les sièges sont brûlants. Vincent sort un tissu rangé en dessous, le déplie et l'étale au maximum afin de s'asseoir le plus confortablement possible.

Des nuages de sable volent avec les premiers tours de roues. La piste est enfin en vue, totalement défoncée comme à son habitude, mais sèche. Vincent rétrograde.

-Accrochez-vous !

Le véhicule saute sur les bosses, s'enfonce dans les trous, secouant fortement conducteur et passagers.

-Et c'est la saison sèche ! Pendant la saison des pluies, les ornières sont remplies d'eau. Le passage est souvent difficile, voire périlleux. On ne voit pas la profondeur des trous. Une fois, j'ai failli renverser la voiture ! explique l'instituteur.

Les dunes ont laissé place à la savane. Quelques baobabs se dressent fièrement vers le ciel d'un bleu immaculé. Clément tend le cou, tourne la tête dans tous les sens à la recherche d'animaux.

-Y a pas d'éléphants par ici ?

-Tu dois pouvoir apercevoir quelques phacochères vers la gauche, lui répond Vincent en tendant un bras dans la direction annoncée.

-Phaco quoi ?

-Des sortes de sangliers ! Il y a des troupeaux dans le coin. Et aussi pas mal de zébus.

-Ah oui, la vache avec une bosse ! Il y en avait deux près du magasin où on a acheté des bouteilles d'eau hier. Tu te souviens Romain ?

Ce dernier n'a dit mot. Pas sûr même qu'il ait entendu la conversation. Il tourne en boucle dans sa tête les paroles de l'instituteur « c'est un garçon qui n'existe pas ». Il en occulte complètement la beauté des paysages. Il ne comprend toujours pas mais espère bien obtenir une sérieuse explication.

Voilà plus d'une heure qu'ils roulent, non pas à cause de la distance mais du terrain. Les pistes sont étroites, ponctuées de sillons de plus en plus nombreux et profonds sur lesquels il faut avancer au pas.

-Je dois redoubler de prudence ! Imaginez comme le temps de trajet peut être allongé quand tout est rempli d'eau ! explique Vincent en haussant la voix pour couvrir le ronflement du moteur.

Ils aperçoivent enfin des constructions.

-Nous arrivons à Saint-Louis !

Ils traversent des rues encombrées d'immondices, croisent des voitures en mauvais état, des camionnettes, des bus si bondés que certains passagers sont montés sur le toit. Ils ont du mal à se faufiler, frôlant bon nombre de gens qui passent la plus grande partie de leur temps dans la rue. Evitant le port trop encombré quelle que soit l'heure, ils parviennent à la périphérie de la ville. Ils stoppent devant une sorte de petit immeuble à trois étages, plutôt décrépi, mais relativement convenable comparé à ce qu'ils venaient de voir.

-Bienvenue dans ma modeste demeure ! Ce n'est pas très moderne mais difficile de trouver mieux ici pour ces prix-là !

Après avoir monté des escaliers aux marches pas toujours régulières, l'homme leur ouvre une porte en bois. L'endroit est minuscule et obscur. Il les fait asseoir sur un petit canapé aux couleurs passées et au tissu un peu râpé. Il prend une des deux chaises rangées autour de la table ronde et s'installe face à ses invités.

-L'instituteur devant ses élèves ! pense Romain qui attend toujours son explication.

-Moi aussi je viens de France, se lance Vincent. A la fin de mes études, sans attaches particulières, j'ai voulu voyager. On m'a alors proposé un poste au Sénégal, que j'ai accepté. Après quelques mois de remplacement à Dakar, j'ai atterri ici. Pendant deux ans, j'ai initié des cours élémentaires aux joies de l'école. J'enseignais avec la méthode française mais j'ai vite dû laisser mes convictions de côté pour m'adapter aux coutumes locales. Et j'ai trouvé ce deux-pièces où j'ai pu m'aménager un minimum de confort.

D'un geste de la main, il balaye la pièce sommairement meublée d'objets mal assortis mais fonctionnels. L'ensemble est propre mais sombre pour lutter un peu contre la chaleur. Un gros ventilateur aux pâles bruyantes brasse d'ailleurs cet air étouffant, provoquant quelques brefs courants d'air bienfaiteurs.

-Je vous sers à boire ?

Sans attendre la réponse, il disparait en partie derrière une étagère et sort des verres. Puis il prend une bouteille d'un jus rose et appétissant dans le réfrigérateur.

-Du bissap ! C'est la spécialité d'ici ! En fait, c'est du jus d'hibiscus. C'est très bon, très rafraîchissant et bourré de bonnes choses !

Il dispose les verres devant ses invités et commence à les remplir. Une buée épaisse s'est formée sur la bouteille. Vincent n'a encore pas donné les explications tant attendues.

L'homme fait la distribution et se rassoit. Il lève sa boisson.

-A votre séjour !

Il avale une grosse gorgée avec un bruit désagréable. Les autres sont suspendus à ses lèvres, n'osant attaquer leur breuvage de peur de perdre des informations capitales.

-Après ces deux années, on m'a demandé si j'accepterais d'aller enseigner en école de brousse, poursuit-il enfin. Je ne savais pas trop ce que cela signifiait mais j'avais envie d'aventures. Et j'étais là pour voir le pays et ses habitants. J'ai donc signé. Et c'est là que j'ai découvert ça ! Je ne savais même pas que ça pouvait exister ! Je n'en avais jamais entendu parler auparavant !

Les Français n'ont toujours pas prononcé un mot. Ils attendent la suite. Vincent tourne et retourne dans ses mains le verre qu'il vient de vider comme s'il ne savait pas comment le leur annoncer. Romain le fixe, le front toujours plissé. Vincent se ressert quelques gouttes qu'il avale aussitôt comme pour s'éclaircir la gorge ou se donner du courage.

-Un enfant sur trois est dans ce cas dans le monde ! Surtout dans les coins les plus reculés de certains continents !

-Mais quoi ? Qu'ont-ils, ces enfants ? s'impatiente Romain.

Vincent hoche la tête.

-Ou plutôt : que n'ont-ils pas ! reprend l'instituteur. Ces gamins n'ont jamais été déclarés à leur naissance. Ils n'ont pas d'état civil.

-Ah je comprends mieux ! réplique Julien. Ils ne peuvent donc pas avoir de papiers !

-Si ce n'était que cela ! Un acte de naissance, ce n'est qu'un morceau de papier, mais qui ouvre tant de portes ! reprend Vincent.

Il baisse la tête.

-Ou les ferme encore plus vite !

Romain se retourne sur le canapé, cognant sans le vouloir dans son frère.

-Je comprends rien !

-Moi non plus ! ajoute Clément qui commence à s'ennuyer fermement.

-C'est quoi un acte de naissance ?

Charline se tourne vers Romain.

-C'est la preuve que tu es né, que tu existes.

-Mais lui aussi il est né puisqu'il est là ! s'énerve un peu Clément.

-Bien sûr qu'il est là mais personne ne l'a déclaré.

Charline avance ses fesses sur le canapé pour se pencher vers ses enfants qui la regardent en fronçant les sourcils.

-Quand un enfant naît, ses parents se déplacent à la mairie pour le déclarer. Ils doivent dire à quelle date, à quelle heure et où il est né ainsi que les noms de son père et sa mère. Grâce à cela, tout le monde sait que cet enfant existe et qui il est réellement. Il est inscrit dans un registre.

-Et ce n'est pas le cas de Fathy, poursuit Vincent. Il est né dans sa case, peut-être même sous une tente dans un coin de savane ou de désert. Il est probable que la maman ait accouché toute seule ou, au mieux, aidée d'un membre de la famille.

-Et pourquoi ses parents ne l'ont-ils pas déclaré ? interroge Romain qui commence à comprendre.

Vincent se lève, fait quelques pas, essuie un trait de poussière éclairé par un rai de soleil filtrant à travers un petit trou du rideau de la fenêtre. Il réfléchit comment expliquer le mieux possible la situation. Il respire longuement.

-Tu as dû remarquer, Romain, qu'ici les gens ne vivent pas du tout comme en France. Les Peuls, comme tant d'autres peuples dans le monde, sont des nomades. Peut-être que, quand Fathy est né, la famille se trouvait en plein désert, ou dans des contrées très reculées.

-Et ?

-Ils n'ont pas les moyens d'aller jusqu'à la ville pour déclarer l'enfant. Cela leur prend trop de temps et c'est surtout trop cher. Ces gens sont pauvres. Ils n'ont même pas le minimum vital.

Il s'arrête un instant, se frotte le menton et revient s'asseoir face aux enfants.

-Tu as calculé le temps qu'on a mis pour venir de leur village jusqu'ici ? Et nous avons une voiture ! Et c'est la saison sèche !

Il remplit à nouveau les verres de bissap sans demander l'autorisation et en avale une gorgée.

-Eux voyagent à pied ! Au mieux en chameau ! Ils n'ont pas de véhicule motorisé. C'est-à-dire qu'il leur faut souvent plusieurs jours pour venir jusqu'en ville.

Personne ne répond. Tous sont captivés, suspendus aux lèvres de Vincent, loin de s'imaginer de telles conditions de vie.

-Et ce n'est pas tout ! Je suppose que tu t'es promené dans le village aujourd'hui.

L'enfant acquiesce de la tête.

-As-tu entendu beaucoup de gens parler ta langue ?

-Juste un monsieur ! coupe Clément.

-Eh oui ! Ici on apprend le français à l'école. Et beaucoup d'adultes n'ont pas eu la chance d'y aller. C'est

moi qui le leur apprends. Et ce n'est pas toujours facile !
Même actuellement, dans certains coins, des enfants
n'ont pas accès à l'éducation.

-Vous voulez dire que tous les enfants ne vont pas
à l'école ? confirme Romain.

-Quelle chance ! siffle Clément.

Vincent sourit.

-Tu trouves ça une chance ? Une chance de ne pas
savoir lire, écrire et compter ? Une chance de ne pas
apprendre des tas de choses pour communiquer avec les
autres, pour faire le métier que tu veux, pour voyager
comme tu le fais actuellement ?

Il secoue la tête.

-En France, beaucoup de jeunes comme toi n'aiment
pas l'école. Mais ici, ils feraient n'importe quoi pour
pouvoir y aller ! Jusqu'à demander le passeport de ton
frère pour entrer au collège !

Clément baisse la tête, tout penaud d'avoir été mouché.
Vincent termine son verre.

-Dans certains villages très isolés, il n'y a pas
d'instituteur. Et les enfants nomades, qui changent
d'endroits en permanence, ne peuvent pas s'intégrer dans
des écoles.

Vincent se dirige vers l'interrupteur.

-La nuit tombe vite ici. Vous avez dû le remarquer. Sous les tropiques, le jour et la nuit ont la même durée.

L'instituteur se tourne vers Clément.

-Tu vois, ça aussi, ça s'apprend à l'école !

-Pas besoin, ça se voit ! répond l'enfant, piqué au vif.

-Tout ça pour t'expliquer que beaucoup de gens ici sont analphabètes ! Même dans les villes ! Puisque certains nomades finissent par habiter et travailler en ville. Pas besoin de savoir lire et écrire pour aller à la pêche ou saler le poisson !

La lumière blafarde éclaire à peine ce minuscule coin de salon où Vincent étale toujours ses connaissances.

-Ce qui explique que, non seulement ils ne savent pas comment faire pour déclarer leur enfant, mais ils ne peuvent pas remplir les papiers.

-Peut-être ne savent-ils pas qu'il faut les déclarer ! ajoute Julien.

-C'est possible !

Julien consulte enfin sa montre.

-Déjà ! On n'a pas vu le temps passer. Mais on est attendu à notre hôtel pour dîner. On va appeler un taxi.

-Je vais vous y conduire.

Julien sort une carte avec l'adresse. Vincent y jette rapidement un coup d'œil.

-Ah oui, je connais. C'est de l'autre côté du port. A cette heure, la circulation sera fluide.

Il écrit rapidement un numéro de téléphone au dos du carton et le rend à l'homme.

-Je vous laisse mes coordonnées. N'hésitez pas à me contacter pour savoir la suite. J'ai encore des tas de détails à vous dire sur le sujet.

Julien a eu du mal à trouver le sommeil. Cette histoire d'enfants sans identité l'a perturbé.

-Et nous qui pensions à un trafic de papiers ! Pauvre gosse !

Il hoche la tête en soupirant.

-Et imagine, quand on est allé en Asie, le nombre de personnes sans identité qu'on a dû croiser sans le savoir ! annonce-t-il à sa femme dès le petit-déjeuner.

Il n'a pas trop le temps d'y réfléchir. Le guide les attend déjà. Il avale son café à toute vitesse et prend son sac à dos.

-En route la compagnie ! sort-il en s'essuyant la bouche avec un coin de serviette.

Avec un bungalow en bord de plage, il aurait bien voulu bénéficier un peu de celle-ci. Rentré à la nuit tombée, il n'avait pas pu profiter du paysage, de la beauté et de la tranquillité du site. Et avec la journée bien chargée qui l'attend, il n'est pas sûr de l'apercevoir encore aujourd'hui.

-Regarde, un âne ! se réjouit Clément en montrant du doigt l'animal à son frère.

-C'est pour vous ! confirme Amadou, le guide.

Il désigne une calèche tirée par un baudet.

-Montez ! Nous visiterons la ville avec notre moyen de locomotion local !

Il tend la main pour aider les enfants à y grimper.

-Je vous préviens, sur le port, pas de photos ! Les pêcheurs ont horreur de ça et peuvent vous insulter !

-Pourquoi ?

-Beaucoup se sont retrouvés sur les réseaux sociaux sans qu'on leur ait demandé l'autorisation, insiste Amadou.

-Oui je comprends ! Je n'apprécierais pas non plus ! ajoute Charline.

La carriole est arrêtée devant un énorme tas d'ordures en tous genres entre la route et la mer. Une dizaine de chèvres y gratte à la recherche de nourriture.

-Pourquoi ça bloque ?

Clément s'impatiente, trépigne.

-C'est le port ! C'est la seule voie. A cette heure, les pêcheurs vident leurs bateaux et chargent les charrettes et les camions, explique le guide. Vous verrez, c'est un spectacle grandiose, haut en couleurs ! Vous ne le regretterez pas !

-Si on y arrive !

La calèche démarre enfin dans un soubresaut qui déséquilibre Romain qui s'était levé.

-Oh ils vont se toucher !

Julien pose sa main sur sa bouche pour étouffer un cri. Devant lui, deux camions se croisent de justesse.

-On ne peut même pas mettre une feuille de papier entre les deux ! s'exclame Romain.

-Vous comprenez pourquoi ça bouche ? s'amuse Amadou. C'est toujours ainsi et ça peut durer des heures.

Tout en surveillant les opérations, leurs regards sont attirés par cette fouille colorée et grouillante.

-On dirait une colonie de fourmis ! souffle Charline.

-J'ai jamais vu autant de monde ! Même pas l'été chez nous en bord de mer ! s'étonne Romain.

Des hommes et des femmes chargent des poissons entassés sur le sol dans des grandes panières tressées.

Puis ils les portent sur leur tête jusqu'aux charrettes attelées et stationnées entre des gens assis sur des gros seaux en plastique qui attendent on ne sait quoi. Un peu plus loin, des grosses caisses recouvertes de bâches sont entassées. Là bas, des hommes travaillent sur des filets de pêche, près des barques pointues et très décorées qui se touchent presque sur des dizaines de mètres.

-Tu as vu le nombre de bateaux ? J'arrive pas à les compter !

Du quai jusqu'au bord de la rue, des pêcheurs vident leurs poissons à même le sol.

-Ah du sang !

Clément ferme les yeux, retient une nausée.

-Et ça pue ! ajoute Romain en se bouchant le nez entre le pouce et l'index.

-Ce n'est que du poisson ! Et frais en plus ! rassure Charline.

-Il y en a beaucoup ! Tu as vu tous les tas ?

Une grosse mare gluante macule le béton, à côté des monticules. Charline, qui a gardé l'appareil en bandoulière, prend une photo sans penser aux conseils du guide. Elle reçoit aussitôt un coup de foulard d'une femme qui passait près d'elle, accompagné d'un mot dans le dialecte local.

-Tu t'es pris l'insulte du siècle ! s'amuse Julien.

-Je vous avais prévenu ! D'autres s'y sont essayé avant vous ! rit Amadou.

Pourtant, la Française ne peut pas assister à de telles scènes sans les immortaliser. Posant l'appareil sur ses genoux, et levant discrètement l'écran pour voir ce qu'elle vise, elle appuie régulièrement sur le bouton en détournant l'attention. Elle ne trahira pas ces gens ! Ils ne finiront pas sur les réseaux sociaux ! Ces images seront juste dans son album de souvenirs. Pour montrer l'atmosphère ! Des photos de touristes comme on en faisait sans problème avec les appareils argentiques avant l'arrivée d'internet !

La calèche arrive maintenant dans la vieille ville.

-Regarde le bus !

-Tu n'en avais pas vu hier ?

Le doigt de Clément reste levé et sa bouche ouverte sous l'étonnement.

-On ferait pas ça chez nous ! ajoute son frère.

En plus de l'intérieur surchargé, des gens sont grimpés en équilibre instable sur le derrière, les côtés et le toit cabossés.

-Ils vont tomber !

-Mais non, ils sont habitués, ajoute, amusé, Amadou. Regarde, c'est la même chose sur cette camionnette !

-Ils sont montés sur la marchandise !

-Et sur le toit et le pare-choc ! C'est dangereux !

La carriole passe maintenant devant le palais du gouverneur, puis s'arrête devant la cathédrale.

-C'est la première cathédrale d'Afrique de l'ouest, annonce le guide. On va descendre et poursuivre à pied dans les petites rues, visiter les jolies maisons de type européen.

Aussitôt un groupe d'enfants accourt et les enserre en tendant la main.

-Ils veulent des crayons, des bonbons, n'importe quoi ! explique Amadou en les écartant.

Un marchand ambulant de pantalons bariolés prend immédiatement le relais pour les aborder. Il en place un devant Romain.

-Regarde comme il te va bien ! Et c'est pas cher ! Tiens, prends-le !

Le mettant dans la main du gamin, il en dépose un autre devant les jambes de Julien.

-Regarde toi aussi ! T'en prends plusieurs, je te fais un prix !

Romain le repousse doucement. L'autre insiste.

-C'est moche ! chuchote-t-il à l'oreille de sa mère.

-Non merci ! appuie Charline à l'adresse du vendeur et en s'éloignant.

Mais l'homme les suit.

-C'est pas cher ! Dis-moi ton prix !

-Venez les enfants ! Ce sera comme ça partout. Ils veulent tous vendre. Regardez, les trottoirs en sont remplis. Ils ont tous étalés leur marchandise par terre mais certains te courent après ou montent dans les bus de touristes pour être certains de faire des affaires. Il faut juste les ignorer.

Effectivement, il n'y a que l'embarras du choix, des chaussures aux bibelots, en passant par les bijoux ou les tapis.

Le gars finit par partir. Mais un autre arrive.

-C'est la première fois au Sénégal ?

C'est la question traditionnelle pour capter l'attention, engager la conversation.

-Regarde mes bracelets ! Ils sont faits main et c'est pas cher !

Il présente plusieurs anneaux en cuivre décorés sur ses mains.

-Y a rien de cher ici ! s'amuse Romain.

-Donne-moi cinq euros pour tout ça ! insiste le vendeur.

Mais la famille continue son chemin sans regarder.

-Au fait, les garçons, ici il faut marchander avant d'acheter !

-Marchander ? C'est quoi ? demande Clément qui aurait bien pris un bracelet.

Charline s'arrête quelques instants sur un coin de trottoir calme.

-Le type t'a proposé cinq euros. Tu lui dis que tu lui achètes à deux euros. Il ne sera pas d'accord, il va remonter le prix à quatre. Toi tu descends à trois et l'affaire est faite.

-Et j'aurai gagné deux euros !

-Tu as tout compris !

-C'est drôlement amusant ! Je pourrai essayer la prochaine fois ? demande Romain en levant la main comme s'il était à l'école.

La matinée touche à sa fin et les Français rejoignent leur calèche à l'endroit indiqué. Ils y sont à peine installés que le premier type, avec ses pantalons colorés aux dessins africains, revient vers eux et monte sur la marche. Il dresse un vêtement devant lui.

-C'est vraiment pas cher. Allez, t'en prends quatre, tu me donne trente euros !

Et il roule ensemble quatre vêtements qu'il tend à Charline.

-On t'a déjà dit non !

-Allez c'est bon, dégage ! insiste Amadou.

Le gars descend et la carriole s'ébranle.

-Pourquoi il nous tutoie le monsieur ? Il nous connait pas, s'inquiète Romain.

-Ici tout le monde se tutoie ou presque, c'est leur culture !

Ils rentrent vers l'hôtel.

-Ici c'est le pont...

Amadou n'a pas le temps de finir sa phrase.

-Oui fait avec de l'herbe, enfin Faidherbe ! Dessiné par Eiffel, comme la tour de Paris ! Et construit par une entreprise française ! Et il relie l'île au continent ! se vante Clément.

-Ah oui, je vois que je ne sers plus à rien ! Tu vas pouvoir prendre ma place ! s'amuse le guide.

-On est passé dessus hier avec l'instituteur ! ajoute Romain.

L'activité est maintenant moins importante sur le port et la circulation plus fluide.

-On est bientôt arrivé à votre hôtel. Vous aurez tout l'après-midi pour profiter de la piscine ou de la plage.

La plage, c'est bien ce qu'avaient prévu de faire Julien et sa famille lorsqu'ils avaient demandé cette demi-journée de repos lors de la réservation de leur voyage. Mais un événement avait bouleversé leurs plans. Car, depuis la veille, Julien, tout comme Romain d'ailleurs, n'arrête pas de penser à Fathi. Même pendant la visite de la ville du matin, il regardait les gens, se demandant lesquels étaient sans identité. Impossible à décerner dans la foule ou dans rue, tant pour les hommes que pour les femmes. Lui qui a pourtant pas mal voyagé, ne voit plus les choses de la même façon. Il n'est plus le touriste de base, il a pris conscience de la vie de ces populations qu'il a croisées et des difficultés encore plus importantes que ce qu'il avait pu imaginer.

Pourtant la tentation est forte. Dès la sortie de ce bungalow qui donne directement sur la mer, Romain enfonce ses pieds nus dans le sable fin. Le soleil brille dans un ciel immaculé d'un bleu intense. Mais l'air ambiant est bien rafraîchi par une brise océane. L'immense plage qui s'étend à perte de vue est très attirante. Julien et Charline y déplient une grande serviette et s'allongent face à l'Atlantique. Ils sont aussitôt rejoints par deux jeunes qui s'accroupissent à leurs côtés.

-C'est la première fois au Sénégal ?

Oui, ils le savent, c'est pour engager la conversation pour vendre des objets. Sauf que, là, ils ne semblent pas avoir quelque chose à négocier. D'ailleurs, il n'y a personne d'autre sur cette plage. Certes, on est en mars mais l'hôtel a l'air plein, ce qui signifie que les touristes sont là.

Après avoir posé quelques vagues questions dont ils n'attendent même pas la réponse, ils commencent à parler d'eux, de leur envie de quitter leur pays pour vivre en France.

-Et on habite là. Venez, on va vous offrir à boire. Vous êtes à l'hôtel ici ?

Le couple est méfiant. On les avait prévenus. Le but est de les forcer à acheter n'importe quoi, de les suivre jusque dans leurs chambres jusqu'à ce qu'ils leur donnent l'argent demandé.

-Elle est froide l'eau !

Clément et Romain reviennent de l'océan en courant.

-Alors vous venez boire un verre ? insistent les jeunes.

-Non merci, on va se baigner avec les enfants ! coupe Julien.

Les Français s'éloignent rapidement.

-Tu comptes vraiment te mouiller ? Quand il te faut une eau à au moins vingt-deux degrés ? ricane Romain.

-J'ai le droit de tester, non ?

Il y rentre sans hésiter et parcourt quelques mètres. Le paysage est magnifique avec l'océan d'un bleu grisâtre à perte de vue. Aucun bateau à l'horizon ! Quelques vagues viennent lui fouetter les jambes. Mais il n'ira pas plus loin que les genoux.

-Effectivement, c'est un peu froid ! Mais n'oubliez pas qu'on a autre chose de prévu aujourd'hui.

Il jette juste un coup d'œil vers le haut de la plage pour s'assurer que les jeunes Sénégalais ont disparu et la famille rentre vers l'hôtel.

-Vous vous souvenez qu'on doit rencontrer Imani ! rappelle Julien.

-Oui j'ai hâte ! poursuit Romain.

Imani est la sœur de Fathy. Sans identité elle aussi, elle n'a pu poursuivre sa scolarité au collège. Alors elle n'a pas eu le choix. A quatorze ans, elle a été mariée de force ! Avec un garçon de six ans son aîné qu'elle ne connaissait pas ! Le cousin d'un nomade qui voyage avec ses parents et dont le père avait eu la chance de trouver un travail de pêcheur ! Le luxe pour ce peuple ! Un homme qui avait pu s'établir à la ville, qui s'était marié avec une fille de pêcheur et avait eu quatre enfants dont Moussa qui cherchait une femme.

C'est Vincent qui leur avait donné l'adresse d'Imani. En parlant avec elle, ils apprendraient des tas d'autres choses. Ils verraient la vie d'une femme sans état civil. Et ils étaient pressés de la découvrir.

Imani habite entre le port et la plage. Un taxi doit les prendre devant l'accueil de l'hôtel. Pour s'y rendre, ils passent devant la piscine. Le groupe de touristes doit avoir, comme eux, l'après-midi en repos. Il est agglutiné sur les margelles. Quelle idée ! Au lieu de profiter de la plage ou de se promener !

L'heure tourne, le véhicule tarde à arriver. Des camelots ambulants tentent de vendre leurs marchandises.

-C'est joli ça je me laisserais bien tenter ! lâche Clément en prenant dans sa main un crocodile en bois.

-On verra au retour. On ne va pas encombrer les sacs pour l'instant !

L'attente est interminable.

Un jeune, qui discutait avec un vendeur, s'est approché d'eux.

-Vous avez demandé un taxi ? Il doit être bloqué au port, comme d'habitude ! J'ai un ami qui va arriver d'ici deux minutes. Il peut vous emmener en ville, il y va aussi. Vous lui laisserez juste la pièce !

Charline et Julien se regardent, s'interrogent en silence. C'est la seule route. Avec le monde qui gravite dans le secteur, il ne peut pas leur arriver grand-chose.

-S'il vient avant le taxi, pourquoi pas !

Il avait à peine terminé sa phrase qu'un véhicule bien cabossé s'arrête près d'eux. Julien a du mal à en reconnaître le modèle qui n'existe plus beaucoup en France. Le jeune parle rapidement au chauffeur et leur ouvre la portière arrière avec un grand sourire et un geste du bras.

-Montez !

-Tous à l'arrière ? s'inquiète Romain.

-Vous vous serrerez un peu, le chemin n'est pas long !

Les enfants grimpent au milieu des parents. Deux hommes se partagent déjà le siège passager avant. Le conducteur se retourne vers eux.

-Je vous emmène au bout du port, c'est bien ça ? On démarre ! Tenez la poignée de la portière s'il vous plaît !

La voiture avance, secouant ses passagers en passant dans les trous de la route défoncée. Heureusement que la vitesse est réduite car la portière a du mal à tenir fermée malgré la poigne énergique de Julien. Celui-ci se demande même si le véhicule a encore des freins, vu l'état lamentable de l'habitacle. Le plafond et les portes n'ont plus de garnitures, le levier de vitesse n'est plus qu'une tige de métal, la vitre du conducteur ne ferme plus. Quant aux sièges, ils sont tellement percés qu'on voit la structure métallique rouillée en-dessous qui ne présage pas d'une solidité extrême. Julien craint qu'elle ne parte en morceaux dans une grosse ornière.

-T'as vu la bagnole ? chuchote Romain en riant à l'oreille de sa mère.

Clément doit penser la même chose car un large sourire illumine son visage. Les Barbot reconnaissent le trajet emprunté le matin et ont repéré où s'arrêter.

Après quelques embouteillages, beaucoup de vibrations, quelques frayeurs et de nombreux discrets fous rires, les voilà au but. Julien glisse discrètement un billet dans la main du chauffeur.

-Ouf ! J'ai bien cru que la voiture allait péter ! s'amuse Romain après être descendu du tacot.

-Jamais ça ne passerait au contrôle technique chez nous ! ajoute Charline.

-Quel tas de ferrailles, tu veux dire ! Mais qui nous a bien dépannés ! Je pense qu'on attendrait toujours le taxi autrement ! Et au moins, il a été déclaré à la naissance, le chauffeur ! Car il a son permis ! Enfin j'espère ! se ravise Julien.

Peut-être que ce type n'a jamais obtenu le précieux sésame, peut-être qu'il a appris sur le tas et s'est autorisé lui-même à tenir un volant. Il préfère ne pas le savoir.

Le port s'est bien vidé. Quelques pêcheurs finissent de plier leurs gigantesques filets verts comme un ballet de danseurs les pieds dans l'eau.

Vincent leur avait dit qu'il fallait prendre à gauche au bout du quai. La rue est étroite. Sableuse, elle est bordée de maisons, ou plutôt de murs de parpaings bruts et pas terminés, qui se continuent par des morceaux de tôles bien rouillés, voire même troués par endroits. Des grands fils recouverts de linges très colorés qui sèchent au soleil, les cachent en partie. Une foule innombrable encombre les trottoirs. Ici, une femme y a étalé plusieurs grandes bassines et, assise par terre, fait sa lessive. Là, dans d'autres cuvettes, une autre prépare des légumes. A côté, deux hommes âgés, avec une barbe blanche de plusieurs jours, fument. De l'autre côté, de gros morceaux de viande sont suspendus à des crochets en pleine chaleur.

-J'espère qu'ils nous font pas manger ça ! Je vais vomir ! gémit Charline en cachant un haut le cœur.

Près d'eux, des plus jeunes discutent, adossés à un mur. Des femmes passent dans la rue, portant des paniers ou des charges qui semblent lourdes sur la tête.

-Comment elles font ? Elles les tiennent même pas avec les mains ! s'exclame Clément.

-Tout le monde vit dehors ici ! C'est tellement différent de chez nous ! ajoute Romain.

Ils croisent une charrette remplie de pastèques, poussée par un homme.

A côté, des chèvres mangent dans des bassines ce qui semble être la nourriture préparée pour le déjeuner d'une famille.

-Ah c'est dégoûtant !

-Que pensez-vous des pêcheurs ?

La famille sursaute. Un homme d'une trentaine d'années, vêtu d'un pantalon bariolé comme on avait essayé de leur vendre le matin même, s'était approché d'eux. Ils ne l'avaient pas entendu.

-Pas très sympas, les pêcheurs ! lui répond Charline.

-Pourquoi ?

-Impossible de les approcher, de les photographier !
Alors que leurs gestes sont si beaux !

L'homme sourit, dévoilant des dents bien blanches.

-Beaucoup ont eu des surprises pas très agréables. Si
vous le voulez, je vais vous montrer ce que les guides ne
vous font pas voir. Et vous pourrez prendre des photos !
En ma compagnie, personne ne vous dira rien !

-Ah oui, super ! se réjouit Romain.

-En fait, on cherche Imani et Moussa. Tu les connais ?
se ravise Julien.

-Tout le monde se connait ici. Ils habitent tout au
bout. Je vais vous y emmener mais vous apprendre
beaucoup de choses avant. Au fait, je m'appelle Robert.

L'homme les entraine vers la plage.

-Effectivement, on n'est pas venu jusque là ce matin !
s'étonne Charline.

-Non c'est réservé aux pêcheurs. On habite tous dans
ce quartier. C'est chez nous ici !

L'atmosphère change complètement de la plage de
l'hôtel qui doit pourtant se trouver dans la continuité.
Celle-ci est grouillante de monde, pleine d'effervescence.
De nombreux enfants y jouent, courent avec des bâtons.
Ils crient, pieds nus dans le sable ou sur le bord de l'eau.

Certains fouillent même les énormes tas de détritus en riant. Des hommes et des femmes nettoient des poissons, d'autres transportent de lourdes charges, là encore souvent sur leur tête. Un dromadaire est couché sur le sable tandis que quelques chiens errants et de très nombreuses chèvres grattent les déchets à la recherche de quelques aliments. Des têtes et des arêtes de poissons maculent la plage sur toute sa longueur. Contre des palissades en bambous, en tôles ou en tissus, qui annoncent des habitations, dort une quinzaine de barques, les mêmes que celles qui animaient le port le matin.

Robert explique son métier et ses conditions de vie. Il est pêcheur, employé par un patron car il n'a pas les moyens de se s'acheter une pirogue. Père de trois enfants, et payé une misère, il n'arrive pas à joindre les deux bouts.

-Tu pourras me donner le prix du café et du sucre pour un mois ? demande-t-il sans sourciller à Julien.

-Comment ?

Le Français écarquille les yeux.

-Ben oui, tout travail mérite salaire. Je te fais visiter des lieux que tu n'aurais jamais vus autrement, je t'indique ce que tu cherches, alors tu peux me donner sept mille francs !

-Mais je t'ai rien demandé ! s'étonne Julien.

-Je sais, je sais, mais tu seras pas déçu !

Robert lui pose une main sur l'épaule pour mieux faire passer la pilule.

-Venez, je vais vous emmener à la coopérative ! Vous ne pourrez pas y entrer sans moi ! ajoute-t-il pour appuyer ses dires.

Quittant la plage, ils arrivent à une sorte de hangar. Des femmes s'y activent, récupérant les poissons dans les énormes tas à même le sol pour les saler et les entasser dans des panières tressées ou des bacs en plastique. Cette fois, Charline ne se gêne pas pour prendre des photos.

-Le sel les conserve. Et avec les têtes et les arêtes, on fait des farines qu'on met dans ces grands sacs.

La balade est passionnante. Les Barbot ne regrettent pas de ne pas passer leur après-midi au bord de la piscine comme les autres touristes.

-Voilà, la visite est terminée. Je vais vous conduire chez Moussa et Imani.

Robert les invite à le suivre d'un amical geste de la main. Retournant vers la plage, il leur indique une habitation.

-C'est ici !

Julien remercie mais Robert tend la main.

-T'oublie pas les sept mille francs !

Julien fouille dans son portefeuille et lui tend des billets.

-Tiens, tu les as bien mérités.

-C'est cher ! s'insurge Romain après que l'homme ait tourné les talons.

-Non, ce sont des francs CFA, ça représente à peu près dix euros. C'est le prix d'un pourboire pour un guide.

La maison est comme les autres du quartier. Quelques bouts de murs en parpaings tiennent des tôles, des palissades et des tentures, attestant d'un signe notoire de pauvreté. Une jeune fille les attend sur le seuil. Assise, elle tient un petit garçon sur ses genoux.

-Bonjour ! Vous êtes les Français ?

-Ça se voit tant que ça ? ricane Romain.

-Je vous attendais. On m'avait prévenu de votre arrivée, reprend Imani.

-Déjà ?

La femme sourit.

-Vous savez, on a tous des téléphones portables ici ! Même dans les coins les plus reculés !

Elle montre l'engin qu'elle sort d'une poche de sa grande robe en coton vert.

-Entrez je vous prie.

La pièce principale est petite et sobrement meublée. Des nattes et des coussins recouvrent le sol. Comme dans les cases du village, les gamelles sont accrochées au mur. Des tentures masquent des paillasses. Dans un coin trônent une bouteille de gaz et un réchaud sur un trépied. Juste le minimum !

Imani s'assoit sur des coussins, pose l'enfant près d'elle et fait signe à ses hôtes de s'installer de la même manière. Ses traits enfantins lui donnent un âge de quatorze ans, quinze tout au plus. Mais son ventre atteste déjà d'une grossesse certaine, malgré une longue robe ample. Elle ne porte rien sur sa tête, elle a juste tressé ses cheveux.

-C'est ton fils ? se hasarde Charline, en approchant une main tendre du visage du bébé.

-Non c'est mon neveu. Ici nous vivons avec la famille de mon beau-frère et mes beaux-parents.

Julien tourne la tête partout pour évaluer le logement. D'après ce qu'il peut voir, une autre pièce minuscule, qui doit faire office de chambre, le complète. Comment peuvent-ils habiter aussi nombreux dans un si petit espace ? Comment peuvent-ils garder un peu d'intimité ?

-Le frère de mon mari a deux enfants pour l'instant. C'est moi qui les garde pendant que leur mère travaille à la coopérative. Vous avez dû la croiser là-bas. Et le plus grand joue sur la plage.

-Tu es la sœur de Fathy ? lance Romain.

-Oui. En fait, nous sommes cinq enfants. Ma grande sœur, qui a presque deux ans de plus que moi, est mariée avec un saunier du lac rose. J'ai aussi deux autres frères plus petits que Fathy.

-Tu es bien jeune pour être déjà mariée ! murmure Charline d'une voix pleine de compassion.

-Ma famille n'avait pas le choix. Mes parents sont pauvres. J'étais un boulet pour eux. Je devais travailler mais je ne rapportais pas assez d'argent dans ce peuple de nomades. Ils ne pouvaient plus nourrir tout le monde.

Le bébé pleure. Elle le reprend dans ses bras pour le bercer.

-Je pouvais difficilement trouver du boulot en ville car je n'ai pas fait d'études. Et surtout…

Elle avale bruyamment sa salive comme si elle enfouissait un sanglot.

-Et surtout je n'ai pas de papiers !

Elle a eu beaucoup de mal à prononcer ces derniers mots. Elle en souffre, c'est évident. A moins qu'elle n'ait honte.

Un silence règne quelques instants dans la pièce. Imani baisse la tête tandis que Romain regarde son père qui se tord les doigts pour se donner une contenance.

-Peux-tu nous en expliquer les conséquences ? Surtout ne le prends pas mal. On est là pour comprendre. Et si on peut t'aider, faire avancer les choses…

Charline parle d'une voix douce pour ne pas la braquer, pour la mettre en confiance.

La jeune fille prend une grande inspiration.

-C'est toute une vie qui est gâchée !

Des larmes lui montent aux yeux. Elle baisse la tête. Sa voix devient presque inaudible. Il faut tendre l'oreille pour l'entendre à travers les pleurs du gamin.

-J'aimais l'école. Je voulais apprendre tellement de choses. Mais, comme je n'ai pas été déclarée à la naissance, je n'existe pas pour l'administration de mon pays, et les autres d'ailleurs ! Impossible de passer le certificat d'études ! Ou un quelconque examen ! Et encore moins de poursuivre au collège !

Elle garde un silence, avale difficilement sa salive, inspire profondément.

-A la fin du primaire, j'ai donc rejoint ma famille dans la case. Pendant un an, j'ai aidé ma mère à m'occuper de mes jeunes frères pendant que mon père partait souvent plusieurs jours pour travailler et rapporter un peu d'argent.

Elle s'arrête, submergée par les souvenirs, bons ou mauvais. Elle pince les lèvres, renifle plusieurs fois et repose le bébé près d'elle sur un coussin.

-Comme ma sœur avant moi, je devenais une bouche inutile. Alors on m'a cherché un mari. Le cousin d'un collègue de mon père, de six ans mon aîné. Je ne savais même pas à quoi il ressemblait. Son père était pêcheur à Saint-Louis. On a pensé que c'était un bon parti pour moi et je me suis mariée le jour de mes quatorze ans.

Elle s'interrompt encore. Cette fois, les larmes coulent sur ses joues, y créant des sillons plus clairs que sa peau, et allant s'écraser sur sa robe. Elle sort un bout de tissu froissé de sa poche et se mouche discrètement plusieurs fois. Le bébé s'est endormi, sans doute bercé par la voix de sa nourrice. Les Barbot ne disent rien, anéantis par l'émotion de l'histoire de cette pauvre fille. Ils étaient partis pour un voyage découverte et ne pensaient pas que celui-ci allait prendre un tel tournant. Ce n'était pas du tout ce qui était prévu au programme, pourtant aucun ne regrette. Ils ne pensent même pas à la chaleur presque suffocante qui les fait transpirer. Ils sont suspendus aux lèvres d'Imani.

-C'est ce jour-là que je l'ai vu pour la première fois, poursuit-t-elle. Ma sœur ayant vécu la même chose, je l'ai pris comme une fatalité. Mais le plus dur a été la nuit de noces ! Se retrouver dans les bras de quelqu'un qu'on ne connaissait pas le matin même ! Obligée d'être consentante ! Et avec le sourire ! Moi qui rêvais tant du grand amour !

De gros sanglots l'empêchent de continuer. Elle se calme rapidement pour garder la face et essuie d'un coup sa joue mouillée avec la paume de sa main. Elle n'a pas le droit de montrer sa douleur. Elle est une femme mariée, honorable, dans une famille qui l'accepte et la nourrit. Elle est en ville et loge dans une maison. Pour ses parents, c'est déjà un rang social, une grande chance et un honneur.

Elle se confie facilement, bien que ne connaissant pas ces gens. Les Barbot en sont surpris. Sans doute a-t-elle besoin de leur faire passer un message, voire un appel à l'aide.

-Je ne suis pas malheureuse, on me traite bien. Mais ce n'est pas comme ça que je voyais ma vie.

-En France, même avec des papiers, on ne fait pas toujours ce qu'on veut non plus, la rassure Charline avec la même voix douce.

-Oui certainement, mais c'est très compliqué ici. Ce manque d'état civil a des conséquences énormes. On a vraiment l'impression d'être des fantômes. « Les enfants fantômes », c'est d'ailleurs le nom qu'on nous donne !

C'est bien ce que leur avait dit Vincent.

Habituellement, en de telles circonstances, Romain et Clément se seraient ennuyés fermement et l'auraient fait comprendre. Ils n'auraient pas arrêté de gigoter, de soupirer, de se plaindre, voire de s'énerver. Mais là, on ne les entend pas. Ils bougent juste régulièrement leurs jambes pour empêcher l'engourdissement.

-Je voulais devenir infirmière, poursuit-elle. Dans les rares dispensaires que nous avons fréquentés, ces femmes me fascinaient. Depuis toute petite, je n'avais qu'une envie : soigner les gens. Tout comme ma sœur souhaitait être institutrice !

Elle soupire profondément comme pour évacuer un lourd malaise, une énorme frustration, une nostalgie, dont elle n'avait sans doute jamais parlé auparavant.

-Et tu aurais pu réussir ? s'interroge Romain.

-Je pense que oui. J'étais plutôt bonne élève, et très motivée. Mais je n'ai pas pu entrer au collège. Toujours pour la même raison ! Donc pas de diplôme et pas d'études !

-Et tes parents auraient financé ?

-Bien sûr que non. Mais j'aurais demandé des bourses d'études et j'aurais travaillé en parallèle. Mais, là encore, pour les avoir et pour bosser, il faut ce fichu papier !

Elle serre fortement le tissu de sa robe dans ses poings en signe de rage.

-Ton mari a été déclaré alors, puisqu'il a un travail, enchaîne Julien pour couper un lourd silence.

-Non, il est aussi Peul, fils de nomades ! Il ne peut qu'enchainer des petits boulots payés de la main à la main ! Mal payés ! Comme la plupart des pêcheurs ici ! Les patrons savent qu'ils n'ont pas de papiers, qu'ils ne peuvent pas avoir de contrat de travail, et surtout qu'ils ne peuvent pas se plaindre. Alors ils les exploitent, leur font faire énormément d'heures pour un salaire de misère.

Elle se prend la tête dans les mains.

-Avec la paye de mon mari, son frère, ma belle-sœur, l'oncle et la tante, nous n'avons pas de quoi vivre. Je ne vous offre pas de café car nous n'en déjà pas assez pour finir le mois ! Comme tant d'autres choses !

Elle se frotte maintenant le menton.

-C'est ça notre quotidien !

Tous baissent la tête.

-Ah ça secoue. J'en ai les poils qui se dressent ! Comment se fait-il qu'on n'ait pas entendu parler de ce problème avant de venir dans ce pays ? s'exclame Julien.

-Mais n'y a-t-il pas moyen de rectifier tout ça ? questionne Romain en fronçant les sourcils. Tes parents ne pourraient-ils pas te déclarer maintenant ? A moins que tu ne le fasses toi-même ?

Imani soupire en triturant entre deux doigts le bout de ses tresses africaines.

-Certains ont essayé, très peu ont réussi ! répond-t-elle dans un souffle.

-Donc c'est possible ! On va t'aider !

Imani regarde Romain avec des yeux tristes.

-C'est tellement compliqué ! Il faut des gens qui attestent du jour et du lieu de ma naissance, et prouver qui sont réellement mes parents.

-Ça doit pouvoir se faire !

Romain est excité à l'idée de faire une bonne action. Il est prêt à consacrer le reste de son séjour à rendre service à la jeune fille.

-Je ne sais pas exactement quel jour je suis née ! le coupe-t-elle.

-Pardon ?

Ils ont tous parlé en même temps sous l'effet de la surprise. Elle baisse la tête et triture le tissu de sa robe.

-J'en ai honte ! C'est la première fois que je le raconte. Ma mère ne sait ni lire, ni écrire. Et elle se moque pas mal des dates ! Nous, les nomades, on fonctionne avec le jour et la nuit, le soleil et la lune, mais pas avec les jours de la semaine. Peu importe qu'on soit mercredi ou dimanche, la vie est tous les jours identique, avec les enfants et les bêtes à nourrir. Alors les dates…

-Elle n'a pas accouché à l'hôpital, ta mère ? s'étonne Clément.

-Parce c'est comme cela en France ? sourit Imani. Ici c'est bon pour les gens des villes, les riches ou les assurés. Les nomades sont beaucoup trop loin des hôpitaux et des dispensaires. Il leur faut des jours pour y arriver. Et ils sont trop pauvres. Sans papiers, on n'a pas droit à la sécurité sociale. Si on veut se faire soigner, il faut payer. Alors les femmes accouchent chez elles. Ma mère a dû me mettre au monde sous une tente ou dans une case, quelque part dans le pays, mais je ne sais, ni où, ni quand.

Elle s'arrête à nouveau. Les larmes lui montent encore aux yeux. Elle se rend compte de sa situation et de ses conséquences, peut-être réellement pour la première fois.

-C'est gentil de vouloir m'aider mais pour moi, c'est trop tard. J'ai arrêté l'école. Comme je n'ai pas passé le certificat d'étude, je ne peux plus m'inscrire nulle part. Et puis je suis mariée. Je dois m'occuper de la famille qui m'a accueillie. D'autre part, je vais avoir un enfant. Même si je n'accouche pas à l'hôpital, je le déclarerai. Promis ! Mais peut-être que, pour Fathy, il est encore temps.

Les Barbot ont quitté à regret Imani à la nuit tombée. Ils s'étaient déjà attachés à cette fille qu'ils ne connaissaient pourtant pas la veille. Comment ne pas la prendre en pitié ? Mais sa famille rentrait et elle devait s'en s'occuper. Et eux avaient prévu de diner avec Vincent pour en apprendre encore davantage.

L'instituteur les attend comme convenu de l'autre côté du pont, près de sa voiture.

-J'ai réservé un petit restaurant dans la ville nouvelle. On y sert un poulet yassa dont vous me direz des nouvelles. Je suppose que vous en avez déjà mangé car c'est un peu le plat traditionnel pour les touristes. Mais celui-ci est très au-dessus. Et pas cher ! C'est un gars d'ici qui m'a donné l'adresse et j'y vais régulièrement.

Il regarde sa montre.

-Mais on a encore le temps. Il n'est pas si tard malgré la nuit qui tombe.

La journée est en effet loin d'être terminée. La rue reste aussi vivante qu'en plein jour. Les camelots occupent toujours leurs stands, éclairés maintenant avec les moyens du bord, avec de vieilles lampes à huile ou à pétrole. D'autres ont monté des installations électriques de fortune, à faire peur au plus casse-cou, avec des fils plus ou moins dénudés qui courent partout et des ampoules à nu. Sous des abris en tôle s'ouvrent des popotes, ou plutôt des grilles métalliques posées sur des réchauds reliés à de grosses bouteilles de gaz ou sur des feux de bois qui dégagent un gros nuage de fumée. Dessus cuisent des morceaux de viande en tous genres qui sentent bon et crépitent avec un bruit agréable.

-Tu crois que c'est la viande qu'on a vue accrochée en plein soleil ? questionne Romain avec une moue de dégoût.

-Je ne sais pas mais c'est possible, répond Charline.

-J'espère que tu connais la provenance de ton poulet Yassa, ajoute Julien à l'intention de Vincent.

-Ne vous inquiétez pas, j'ai toute confiance !

Plus loin, en bord de mer, de minuscules lumières s'entrecroisent.

-Les pêcheurs se préparent déjà à sortir. Ici tout le monde vit assez tard. Car il fait trop chaud dans la journée.

Le restaurant est très petit mais propre.

-Bienvenue !

Le patron en personne vient les accueillir, leur serre chaleureusement la main.

-C'est la première fois au Sénégal ?

-Laisse, Richard ! Ils sont avec moi ! l'interrompt Vincent.

L'homme sourit et tapote amicalement sur l'épaule de l'instituteur qu'il connait bien.

-Mon ami !

Il les installe en terrasse, ou plutôt sur le bord de la rue, dans un coin où ils seront tranquilles pour poursuivre leur conversation de la veille. Suite à leur visite à Imani, ils ont encore davantage de questions et espèrent que Vincent pourra leur apporter quelques réponses.

-Alors cette journée ? Dépaysant n'est-ce pas ? commence celui-ci avec un grand sourire.

-C'est le moins qu'on puisse dire ! Je ne l'ai pas vu passer ! enchaîne Julien. Mais une chose est sure : on ne reviendra pas indemne d'un tel voyage !

-Oui ça remue ! On ne verra plus les choses de la même façon une fois rentrés en France, c'est certain ! appuie Charline.

Les plats arrivent déjà. Un succulent fumet se dégage et emplit les narines des convives. Les oignons dorés masquent en partie le riz blanc. La cuisse de poulet, baignant dans un fond de jus bien jaune, est tout aussi appétissante et tendre. Les enfants salivent déjà.

-Humm ça sent bon !

-J'aime pas trop les oignons ! ajoute Clément en regardant de plus près son assiette et en esquissant une légère moue.

-Ils sont tellement bien cuits avec le reste que tu vas les adorer ! s'amuse Vincent.

L'enfant les pousse quand même sur le bord pour découvrir le riz chaud qui fume.

-Qu'avez-vous pensé de votre entrevue avec Imani ? lance Vincent après avoir avalé sa première bouchée de poulet.

-Déroutant et navrant à la fois ! répond Julien en avalant bruyamment une cuillérée de riz.

-Et elle, elle s'en sort bien !

-Comment ça ?

Les fourchettes sont suspendues à mi-chemin entre la table et les bouches. Vincent soupire.

-Elle est tombée dans une bonne famille qui la respecte. C'est rarement le cas. Ces pauvres filles, mariées trop jeunes et de force sont souvent maltraitées, frappées, obligé de travailler comme des esclaves sans se plaindre. Elles sont parfois violées. Elles ne peuvent même pas porter plainte car elles n'ont pas de papiers. Pour la police, la justice, l'administration, elles n'existent pas.

Vincent continue à manger avant que le plat ne refroidisse. Comme il n'y a plus rien à écouter, les autres l'imitent.

-Et les hommes ? s'interroge subitement Charline.

-Certains parviennent à s'en sortir. Avec beaucoup de mal ! En multipliant les petits boulots ! D'autres sont pris dans des trafics divers et virent voyous.

Il avale encore une bouchée, ramassant quelques grains de riz pleins de jus avec les dents de sa fourchette.

-D'autres essaient de fuir le pays. Mais ils ne peuvent pas passer de frontières, pas avoir de visa. Ce sont des apatrides.

-C'est quoi ça ? questionne Romain.

-Quelqu'un qui n'a pas de pays. Avec un extrait de naissance, on peut prouver ta nationalité. Sans ce papier, on ne sait rien. On ne sait pas qui sont tes parents, d'où tu viens. Tu n'es inscrit nulle part, tu n'as pas d'état civil, tu n'appartiens à aucun pays.

-On ne peut rien faire alors !

-C'est exactement ça ! Aucun droit ! L'oncle du mari d'Imani, par exemple, a tenté de fuir dans une barque avec une dizaine d'amis. Ils voulaient rallier l'Europe. Mais le bateau était trop chargé et la mer pas très calme. Ils ont failli chavirer à plusieurs reprises et ont préféré rentrer au pays.

Il s'arrête quelques instants, se tient la tête entre les deux mains, les coudes posés sur la table.

-Je ne sais pas ce qu'ils auraient fait s'ils avaient réussi leur traversée. Sans papiers, ils ne pouvaient pas prouver leur identité. Auraient-ils été acceptés comme migrants ? Je l'ignore.

Il respire à nouveau fortement, frotte le bord de l'assiette avec son index.

-Un autre exemple : Dans certains pays en guerre, les enfants sans état civil sont enrôlés de force, deviennent des enfants soldats.

Romain grimace.

-Ou encore, dans les régions avec des cataclysmes comme des tremblements de terre, des tsunamis, beaucoup d'entre eux ne peuvent pas retrouver leur famille car on ne sait pas qui ils sont. Je ne sais même pas s'ils savent écrire leur nom.

Il se gratte la tête puis se frotte les doigts. Il garde un air grave.

-Un enfant sur trois dans le monde n'est pas déclaré. Si on enlève la grande majorité des bébés d'Europe et d'Amérique du nord, qui naissent sous surveillance médicale, et sont donc aussitôt fichés, il reste environ un enfant sur deux au Sénégal et ces autres pays d'Afrique, d'Asie ou d'Amérique du sud, qui n'existent pas ! Sans parler de leurs parents et des générations plus anciennes, non comptabilisés, qui doivent augmenter largement le pourcentage !

Vincent montre les gens qui passent avec son index.

-Regardez ce groupe là-bas ! La moitié n'a pas de papiers ! Et celui-ci peut-être ! Ou encore celui-là !

Les Français froncent les yeux, tentant de déceler un signe particulier.

-Cela ne se voit pas sur leur visage, poursuit-il. Mais, si on les connait un peu, on peut le deviner. Oh la plupart n'en parle pas. C'est un mode de vie. Leurs parents étaient ainsi, ils se sont adaptés. Et comme beaucoup ne peuvent pas accéder à des études, par manque de moyens, par éloignement, ou peu de facilités intellectuelles, ça ne les dérange pas vraiment. Certains ne savent même toujours pas qu'il faut déclarer un enfant à la naissance. Ils commencent juste à réaliser le problème quand ils ont besoin de soins, de papiers pour travailler, pour emprunter de l'argent, ou pour voyager. Ou tout simplement pour voter !

Vincent n'attend pas de réponse mais il s'arrête un instant pour observer la réaction de ses hôtes.

-Ou quand ils ont des rêves ! ajoute-t-il.

-C'est-à-dire ?

-Le frère du mari d'Imani espérait tant devenir footballeur professionnel. Jouer au football ne coûte pas très cher. Et il paraît qu'il se débrouille plutôt bien. C'était aussi le moyen pour lui de sortir de la médiocrité. Mais aucun grand club n'a voulu de lui…uniquement car il n'avait pas de papiers ! En effet, impossible pour lui de sortir du pays pour disputer des matches ! Donc les entraîneurs ne dépensent pas d'argent pour former des gens qui ne leur serviraient à rien !

Les assiettes vides ont été débarrassées. L'instituteur ne leur avait pas menti, le poulet était particulièrement succulent. Sans le leur demander, Richard, le restaurateur, leur a apporté de délicieuses bananes. Charline en saisit aussitôt une.

-Moi qui n'en mange jamais en France, je me régale ici. Pour faire un jeu de mots, j'en ferais bien un régime !

-Très drôle ! s'amuse Vincent.

Julien ne réagit pas. Il est plongé dans ses pensées. Il réalise que, lors de ses voyages, il a croisé des dizaines de gens sans existence légale, des personnes apatrides, des hommes, des femmes et des enfants en survie ! Sans le savoir ! Sans même le deviner et s'en soucier ! Ces pauvres hères dans les crématoires de Bénarès ! Ces vendeurs de rues un peu partout dans le monde ! Ces cueilleuses de thé édentées et ridées avec leurs énormes sacs sur le dos ! Ces enfants jouant au ballon dans les tas d'immondices ! Ces femmes attendant leur tour à l'unique fontaine du village avec de lourdes jarres ! Ou les moins privilégiées, si on peut dire, obligées de marcher des kilomètres pour trouver cette eau avec des bidons encore plus pesants ! Ces habitants de bidonvilles ou de favelas ! Ou ces conducteurs de rickshaw qui avaient dû apprendre l'anglais sur le tas, dans les rues, pour pouvoir gagner quelques roupies ! Il repense soudainement à ce jeune Indien qui avait accepté de les ramener à leur hôtel. Malgré une carte, il s'était perdu. Sans doute un jeune qui tentait sa chance dans une ville qu'il ne connaissait pas. Il voulait beaucoup plus que le prix d'une course mais Julien n'avait pas cédé, pensant à une arnaque. Il comprend maintenant que ce pauvre garçon exploité n'avait certainement rien touché sur sa course alors qu'il avait pédalé plus d'une demi-heure !

Il hausse les sourcils en soupirant.

Et tant d'autres qu'il n'aurait jamais soupçonnés ! Des gens dont il revoyait très bien le visage pour les avoir pris en photo ! Des humains à qui il avait parfois laissé une pièce ! Avec qui il avait tenté d'échanger quelques mots mais qui ne comprenaient pas toujours l'anglais, encore moins sa langue ! Quelle vie ! Comme il se sent heureux comparé à eux ! Que sont ses petits problèmes à côté de cela, lui qui râle pour le moindre détail !

Il secoue la tête pour se sortir les images du crâne.

-Julien !

Il n'entend pas.

-Ouh ouh Julien ! répète Charline en lui passant la main devant les yeux.

L'homme sursaute.

-Tu manges ta banane et on va prendre un thé chez Vincent.

L'instituteur dépose une petite liasse de billets sur la table et se lève. Robert accourt.

-Au revoir mes amis, à bientôt !

Le groupe marche quelques instants pour rejoindre la voiture. Ce coin de ville, moins typique que ce qu'ils ont déjà visité, s'endort doucement avec l'heure qui avance. Julien, qui quitte Saint-Louis le lendemain, voudrait encore éclaircir quelques points avec Vincent.

Installés au même endroit que la veille, les Barbot regardent par la fenêtre de l'appartement de l'instituteur pendant que celui-ci prépare une boisson chaude. Maintenant qu'ils ont visité la cité et ses dessous, côtoyé ses habitants et appris beaucoup de choses, ils analysent le paysage et les bruits différemment.

-Peut-on les déclarer maintenant ? se décide à demander Julien.

Cette question le taraude depuis un moment. Il a bien tenté de la poser à Imani mais n'a pas obtenu sa réponse. Peut-être ne la connaissait-elle pas.

Vincent pose la casserole d'eau chaude sur la table et s'assoit. La boule métallique qui contient les feuilles de thé tinte légèrement sur les bords.

-Désolé, je n'ai qu'un parfum. Il ne me reste plus de sachets de France.

Il se tourne vers Julien.

-Et pour vous répondre : Oui c'est possible mais c'est très compliqué.

Il reprend la casserole et sert l'eau brûlante infusée dans les tasses.

-Comme Imani vous l'a sans doute expliqué, les gens ignorent leurs date et lieu de naissance. Les femmes accouchent souvent seules, dans la précarité la plus totale. Car leur mari est parti avec les bêtes sur un autre lieu, ou parfois il travaille à la ville. De temps en temps, elles sont aidées pour la naissance par une autre femme du camp, tout aussi illettrée qui connaît juste les gestes séculaires.

Les tasses n'ont pas bougé de la table. Tous sont suspendus aux lèvres de Vincent. L'homme saisit la sienne et avale une gorgée de thé.

-Buvez avant que ça ne refroidisse !

Julien et Charline regardent la table et semblent y découvrir l'existence des boissons qui ne fument plus. Romain prend sa cuillère pour brasser un sucre qu'il n'a pas mis.

-Il y a aussi le problème de la reconnaissance parentale. Et pour plusieurs raisons ! D'abord, comme je vous l'ai dit, c'est l'absence du père, parti travailler ailleurs et qui ne revient pas ou très rarement car il est trop loin. Dans certains pays, il y a aussi la polygamie, avec un homme qui ne reconnait pas son enfant.

La famille ne dit mot, comme si elle s'ennuyait de la conversation ou qu'elle était fatiguée de sa journée. Mais il n'en est rien. Aucun bâillement ne trahit un quelconque signe d'impatience. Tous sont passionnés et attendent la suite.

-Et surtout, on note un nombre incalculable de viols chez ces femmes vulnérables. Personne donc ne peut attester du père du bébé !

-Des viols ? s'indigne Charline. Les pauvres femmes ! Avec tout ce qu'elles supportent déjà.

-Et que peut-on faire ? soupire Julien.

-Pour la nouvelle génération, on est en train de mettre des plans en place. Oui je me suis renseigné moi aussi. J'ai envie de mieux connaître le pays dans lequel je travaille et je vis. Et je veux mieux comprendre mes petits élèves et les aider.

Il se lève pour remettre la casserole à chauffer avec le reste de thé, ce qui ne l'empêche pas de poursuivre son explication.

-Vous avez dû constater que tout le monde a un téléphone portable ici. Cela a un coût mais tous font l'effort financier, aussi incroyable que cela puisse paraître, même s'il ne leur reste pas assez pour manger à la fin du mois. Et comme les enfants maintenant savent lire et écrire grâce aux instituteurs comme moi délégués dans les plus petits villages, les gouvernements souhaitent faire les déclarations de naissance par le biais de ce téléphone. Ou en impliquant les chefs de village via une application mobile pour palier aux parents analphabètes. Et sans obligatoirement indiquer le nom du père.

-C'est un bon système, à condition de savoir comment faire, répond Julien.

-Ou à condition d'y penser car ce n'est pas encore dans les mœurs.

Vincent revient avec son récipient et sert à nouveau le reste de breuvage dans les tasses sans que personne ne l'arrête.

-Là est toute la difficulté. Dans les villes, je pense que ce sera la solution. Pour les autres, il va falloir informer les gens, jusque dans les villages les plus reculés. Et il y a encore du travail !

Julien soupire en levant les sourcils.

-Oui beaucoup de boulot !

-Et pour Fathy ? s'inquiète Romain.

Vincent secoue la tête en serrant ses lèvres.

-Tu as raison de demander. Car, dans son malheur, Fathy est un privilégié.

-Ah !

-Il est le seul enfant de ma classe qui peut aller au collège. Il n'est pas l'unique élève à bien travailler mais il est le seul à avoir quelqu'un qui habite en ville pour l'héberger et lui permettre de suivre des cours au-delà du primaire. Les autres sont trop loin des écoles, ça coûterait trop cher.

-Grâce à Imani ?

-Oui. Dans ma classe, s'ils avaient des papiers, ils pourraient presque tous obtenir le certificat d'études. Ils ont tellement soif d'apprendre ! Pour faire mieux que leurs parents ! Pour espérer une vie meilleure ! Mais aucun, je dis bien aucun, n'a été déclaré à la naissance.

Il se lève et se met à arpenter la pièce en bougeant un bras, probablement comme il le fait pendant ses cours.

-Ils sont tous condamnés à errer comme leurs parents, ou à galérer pour trouver des petits boulots sous-payés, à être exploités ou à tomber dans les trafics ! Tous !

Il entoure sa tête de ses mains.

-Mais pourquoi Fathy serait-il privilégié s'il ne peut pas poursuivre ses études ?

Vincent vient se rassoir face à romain.

-Car il aurait la possibilité d'avoir des papiers, si on simplifiait encore les procédures. Il a un témoin de sa naissance ! Quelqu'un qui peut attester de sa date de naissance et de sa filiation ! La plupart du temps, les groupes de nomades se séparent. Certains emmènent leurs bêtes dans une autre contrée, d'autres se sédentarisent. Ils se perdent de vue et les seuls témoins des naissances n'existent plus. Mais l'homme que vous avez vu l'autre jour au village, celui qui parle français et vend des bibelots aux touristes, est un oncle de Fathy. Il a assisté à sa naissance et pourrait témoigner.

Il sert les mains comme pour implorer les dieux.

-Pourquoi ne l'a-t-il pas fait ? s'impatiente Clément.

Vincent se lève à nouveau, se remet à marcher. Il va à la fenêtre, regarde les lumières qu'il connait par cœur.

-Comme je te l'ai dit, tout est compliqué. Il faut deux témoins. Fathy n'en a qu'un. Son oncle est au village, trop loin de la ville, donc trop coûteux en trajet. Et surtout, cet homme n'a pas de pièce d'identité. Et les parents du gamin non plus !

-Comment ça ?

-J'ai déjà tenté d'aider ce garçon. Je pourrais transporter son oncle. Mais pour le reste…Pour attester de l'identité de quelqu'un, les témoins et au moins un des parents doivent avoir été déclarés et posséder des papiers ! Et si, par exemple, seule la mère a une identité, l'enfant portera son nom et sera déclaré de père inconnu.

-Mais c'est impossible alors ! Personne ne doit y arriver ! Pour un pays qui se targue d'éradiquer ce phénomène ! se rebiffe Julien.

Vincent se tord les doigts.

-Ce n'est pas si simple. Et il existe encore plusieurs autres freins.

Il se retourne vers ses hôtes.

-Il n'y a pas si longtemps que j'ai découvert ce problème mondial. Et je me rends compte que rien n'est facile dans ce domaine !

Il s'assoit, une fesse sur le coin de sa table et joint ses mains sur ses genoux.

-Au Sénégal, aux dernières nouvelles, il n'existe qu'un seul serveur informatique qui répertorie les actes de naissance. Et même les personnes déclarées peuvent se retrouver un jour sans état civil à cause de fichiers détériorés ou perdus.

Julien arbore une grimace.

-Il ne manque plus que ça !

Vincent reprend son souffle.

-Pour avoir ce fameux sésame, il faut aussi trouver un officier d'état civil. Pour tous ces gens, de moins de seize ans je précise, qui veulent obtenir ou retrouver une identité, le gouvernement organise tous les mois une audience foraine.

-C'est quoi ? Une fête foraine ? demande Clément dont le nom l'intrigue.

-Pas vraiment. C'est juste une réunion de foule autorisée par un juge pour récupérer un pauvre papier qui vaut de l'or !

Julien fronce les yeux.

-Alors pourquoi y a-t-il encore autant d'enfants fantômes ?

-Attends, ce n'est pas tout !

Il pointe un doigt en avant en bougeant un peu le bassin.

-Quand je dis que ce papier vaut de l'or, c'est aussi que l'acte en lui-même coûte beaucoup d'argent. Quatre mille six cents francs CFA je crois ! Soit environ cent cinquante euro ! Quand on sait que le salaire moyen mensuel d'un Sénégalais est de cent quarante euro en ville ! Et pour les gens qui ont des papiers ! Je n'ose imaginer le salaire d'un nomade !

Il soupire en hochant la tête.

-Ça fait plus d'un mois de salaire pour un certificat ? s'étonne Romain en écarquillant les yeux.

-Tu as tout compris. Je suis prêt à lui payer mais je ne peux pas lui faire de faux papiers !

-C'est payant en France aussi ? interroge Clément.

-Non, l'acte d'état civil est gratuit mais réalisé dans les jours qui suivent la naissance.

Vincent se lève pour poursuivre et lâcher tout ce qu'il a appris sur le sujet.

-Même si, par chance, les enfants parviennent à obtenir le fameux sésame, ce n'est pas pour cela qu'ils connaissent vraiment leur âge.

-Comment cela ?

-Sans parler de l'analphabétisme, les parents ou les témoins trichent souvent. Par exemple, ils vont rajeunir un enfant pour le faire entrer au collège, ou vieillir une fille pour lui permettre de se marier sans problème. Ce pourrait être le cas d'Imani.

-C'est nul ! se rebiffe Romain.

-On trouve aussi bon nombre d'escrocs qui se font passer pour des agents d'état civil et qui donnent de faux numéros de registre en échange d'une somme d'argent, poursuit l'instituteur.

Un silence s'installe. Tout se brouille dans la tête des Français. Tant de différences existent entre les civilisations ! Des choses qu'ils étaient loin d'imaginer ! Ils s'étaient pourtant bien renseignés sur internet. Mais, décidément, on ne parle pas de tout cela dans les guides de voyages ou sur les forums. Et tout est si compliqué !

-Alors ce n'est pas gagné pour Fathy ! se désole Clément.

-Je voudrais pourtant bien aider ce gamin ! suggère Julien. Il me fait pitié. Il a des rêves, des ambitions, et l'intelligence nécessaire pour y arriver. Et pour des bêtises administratives, il est condamné à errer toute sa vie, à vivoter de petits boulots en trafics ou en mendicité. J'ai mal pour lui.

Il se tape soudainement fortement sur la cuisse avec le plat de sa main.

-Il nous reste encore cinq jours avant de rentrer en France. Je vais trouver une solution !

La nuit avait été courte. Vincent les avait raccompagnés à leur hôtel mais Julien avait eu du mal à trouver le sommeil. Il n'avait pu s'empêcher de penser à Fathy, ce gamin qu'il ne connaissait pourtant pas deux jours auparavant mais dont il s'était déjà pris d'affection. Il aurait tant voulu l'aider mais il n'avait toujours pas trouvé de solution.

Dans cette voiture qui les emmène vers leur prochaine destination, il est bien décidé à questionner leur guide, un enfant du pays. Lui doit avoir des papiers pour faire ce métier et posséder un permis mais il doit savoir des détails que Vincent ignore encore et qui pourraient lui être indispensables pour réaliser sa noble cause. Il baille pourtant méchamment, assis sur le siège passager. Il aurait sans doute apprécié de voler quelques minutes d'un précieux sommeil pendant les quelques heures de route qui les mène au lac rose. Mais un premier arrêt se profile déjà. Amadou stoppe le véhicule en pleine savane.

-L'un des plus gros baobabs du pays ! Là vous pouvez prendre des photos sans risquer de vous faire insulter !

Le soleil tape fort. Quelques arbres dressent leurs branches sans feuilles, comme des racines vers le ciel. Mais un seul diffère des autres. Il est énorme. Et au cas où les Français ne l'auraient pas remarqué, une foule de camelots l'entoure.

-Le plus vieil arbre du pays a plus de huit cents ans, une trentaine de mètres de circonférence, soit plus de neuf mètres de diamètre. Celui-ci est légèrement plus petit.

-Ah oui ! On pourrait presque habiter dedans ! s'émerveille Clément.

Les vendeurs viennent immédiatement les aborder. Certains ont des animaux en bois et des statues de femmes africaines, d'autres des bijoux, d'autres encore des sacs ou des vêtements.

-Vous voulez acheter ou je les chasse ?

Amadou profère quelques mots dans son dialecte pour laisser le passage libre.

-Le baobab est appelé arbre aux mille usages, poursuit-il. Il entre dans la préparation de nombreux remèdes, surtout digestifs et anti inflammatoires. C'est un peu le médicament des nomades.

Il argumente de grands gestes des bras.

-On se sert aussi de son bois, de son huile, de sa noix, de sa résine, de ses fibres, de ses fruits. Dans certains coins reculés où les puits sont éloignés, il fait aussi office de réserve d'eau.

-C'est remarquable ! s'exclame Charline.

-Son tronc peut emmagasiner cent mille litres d'eau.

Il fait avancer les touristes jusqu'à une ouverture dans le tronc, suffisamment grande pour y entrer.

-Et enfin, c'est un arbre source de nombreuses légendes !

-Comment ça ? s'étonne Romain qui s'intéresse beaucoup à ce genre de choses.

-Tu parlais d'habiter dedans ? Tu pourrais au moins t'en faire une belle cabane ! propose le guide.

-Génial !

-Enfin si tu n'as pas peur !

-Peur de quoi ?

Amadou se met à rire.

-Ce baobab a probablement été un tombeau.

-Ah quelle horreur ! Tombeau de qui ?

Le guide pose un pied sur un gros morceau de bois et ébauche un sourire.

-De griots.

-De quoi ?

Les Barbot entourent Amadou pour mieux entendre.

-Les griots étaient les poètes africains. Mais ils appartenaient au bas de l'échelle sociale. Ils étaient méprisés et redoutés. Et on disait que, si on les enterrait en pleine terre, le sol serait stérile pour toujours. Donc, depuis la fin du seizième siècle, on mettait leur corps dans les troncs des baobabs.

-Waaah ! C'est géant comme histoire ! Géant comme ces arbres ! Mais je vais y aller quand même ! sourit Romain.

Tous se glissent dans le tronc en se contorsionnant dans l'ouverture. L'intérieur du tronc creux est énorme.

-On pourrait presque y installer un salon ou une chambre ! remarque Charline.

-Super comme cabane ! Tu pourrais pas nous mettre un baobab dans le jardin ? suggère Clément.

Ils lèvent la tête pour apprécier la hauteur impressionnante.

-Tu as vu toutes les chauves-souris ?

Amadou les emmène ensuite vers une termitière géante, leur en explique la construction, le travail des insectes.

-On ne traîne pas ! En voiture si on veut arriver à l'hôtel avant la nuit !

Cet agréable interlude n'a pas fait oublier Fathy à Julien. Surtout en voyant ces vendeurs à la sauvette autour du baobab. Il imaginait le gamin, privé d'études à cause d'un fichu papier, à leur place, essayant d'aborder les touristes pour leur vendre à tout prix un objet inutile afin de récupérer à peine de quoi se nourrir.

-Amadou, ces jeunes n'ont pas été déclarés à la naissance, n'est-ce pas ?

Le chauffeur et guide lâche le levier de vitesse qu'il s'apprêtait à enclencher.

-Ah vous êtes au courant de ce problème de société ! Un parmi tant d'autres d'ailleurs en Afrique et dans le monde !

L'explication étant longue, il se décide à démarrer.

-Tout ça, c'est à cause de la mondialisation. C'est une question assez nouvelle. On n'en parle pas aux touristes parce que c'est partout pareil. Les générations précédentes se moquaient bien de ce bout de papier. Les enfants nomades n'allaient pas à l'école, ils bossaient comme leurs parents. Ceux des villes ne dépassaient pas le primaire, ne passaient pas d'examens. Et on n'avait pas besoin de diplômes pour exercer la majorité des boulots. Mais les temps ont changé. Les enfants ont acquis des droits, par rapport au travail et à la scolarisation. Des écoles ont été construites un peu partout, même en brousse. Et pour le boulot, il faut être de plus en plus spécialisé, comme partout. Et tant d'autres choses que vous avez dû découvrir !

Amadou ralentit. Devant lui, un petit bus surchargé tangue un peu. Il se concentre pour le doubler sans dommage.

-Il y a aussi la mobilité qui impose des papiers, la création de la sécurité sociale, pour laquelle il faut exister sur les registres, poursuit-il. Et j'en passe. Le monde a évolué trop vite pour l'Afrique. Les gens n'ont pas eu le temps de s'adapter.

Le long de la route, ils croisent de nombreuses constructions de fortune, en tôle, en toile, en bois. Dedans, à même le sol, des hommes et des femmes de tous âges proposent quelques fruits et légumes, des pièces métalliques, des babioles. D'autres sont assis par terre à l'ombre des arbres ou des baraques, attendant que le temps passe. Amadou les montre du doigt, derrière son volant.

-Ceux-là n'ont sûrement pas de papiers. Certains jours, ils ne vendent rien. Quelques-uns se tournent vers le troc, le vol ou les trafics divers. Il n'y a pas de travail pour tout le monde ici. Alors à plus forte raison pour les exclus de la société !

Amadou gare sa voiture à une station service afin de faire le plein d'essence.

-Cacahuètes ?

Trois femmes, un bébé accroché dans leur dos par un large tissu, se précipitent aussitôt sur le véhicule, ouvrent la portière arrière et brandissent des sachets d'arachides en répétant leurs litanies.

-J'aime bien ça, moi, papa. On peut leur en acheter ?

Sur le trottoir, plusieurs dames, coiffées de boubous très colorés avec l'écharpe assortie roulée sur la tête, remplissent des dizaines de petites poches d'arachides piochées dans d'énormes sacs en toile posés à terre, et proposées immédiatement aux touristes de passage par leurs congénères. Un vendeur de pantalons bariolés traverse la route en courant et vient les aborder, aussitôt suivi par un camelot de bracelets. Un bus stationne près de la voiture. Sa porte n'est pas totalement ouverte que déjà les marchands en tous genres sont grimpés dedans, interpelant les étrangers avec des tons fermes.

Une fois son plein terminé, Amadou les chasse et redémarre.

-Vous avez vu ? Dès qu'un étranger arrive, c'est la même chose. Ils rentrent dans les véhicules, insistent. Mais c'est leur seul gagne-pain. Car ce sont aussi des gens sans existence légale.

Julien ne sait pas s'il regrette ou pas d'apprendre ces problèmes. Son voyage en est complètement bouleversé. Lui qui était venu ici pour apprécier les sites et découvrir les coutumes, est perturbé. Décidément, il ne voit plus les personnes de la même façon. Il était si loin d'imaginer ces vies compliquées, ces gens bien réels et pourtant inexistants ! Une belle leçon de vie !

Il parle de Fathy au guide. Ce jeune garçon le hante. Il lui explique tout, jusqu'à la visite à Imani.

-Je vois que vous n'avez pas besoin de moi pour visiter le pays ! s'amuse Amadou. Et je comprends mieux pourquoi vous m'avez décommandé l'autre jour.

Il sourit en montrant ses belles dents blanches.

-Je connais le jeune Fathy, poursuit-il. Notre périple touristique comprend souvent la visite de son village. Et je sais aussi sa détermination. Ce gamin a des ambitions, comme ses sœurs avant lui. Il voudrait tant devenir instituteur, voire professeur.

Il tient fermement son volant tout en continuant son récit.

-Ses ancêtres n'ont aucune instruction. Il a une telle soif d'apprendre pour compenser ce manque dans sa famille et pour faire passer ce savoir aux autres. Ce n'est pas le genre à mettre le bazar dans une classe. S'il avait des livres à disposition, je pense qu'il passerait son temps le nez dedans. Mais il va être vite freiné à cause de ce manque d'identité, comme vous le savez.

-Et que peut-on faire pour l'aider ? poursuit Romain qui suit la conversation.

Amadou réfléchit, soupire, lâche une main du volant pour se gratter le front. Son sourire a disparu.

-C'est compliqué. Sa famille n'aura pas les moyens d'acheter l'acte.

-Nous sommes au courant et prêts à lui payer ! coupe Julien.

-Il faudrait l'emmener à l'audience foraine de Saint-Louis. Mais celle-ci vient juste d'avoir lieu, il y a une semaine environ. Vous serez partis pour la prochaine.

-C'est la seule solution ? Il n'y a pas d'autres moyens ?

L'homme insiste. Il serre les poings. Amadou se creuse la tête quelques instants.

-On pourrait faire une demande individuelle. Il faut la justifier car faire déplacer un juge coûte très cher. Ou bien il faudrait emmener Fathy jusqu'à Dakar, à condition d'avoir l'autorisation du tribunal. N'oubliez pas qu'il lui faut deux témoins avec des pièces d'identité, et au moins l'un des parents avec des papiers, ce dont je doute.

-C'est effectivement le problème. J'y ai pensé toute la nuit.

Julien prend une grande inspiration.

-On pourrait l'adopter !

-Quoi ?

Amadou lève subitement le pied de l'accélérateur sous l'effet de la surprise.

-N'y pensez pas ! conseille le guide. Les procédures sont extrêmement longues et difficiles. Et il a des parents, même si ceux-ci ne l'ont pas reconnu.

-Alors on pourrait être ses témoins ? insiste Julien. On a des papiers d'identité ! Qu'en pensez-vous ?

Amadou freine et tourne la tête vers son passager. Il met du temps à répondre.

-A vrai dire, je n'en ai aucune idée ! J'ignore si cette procédure s'est déjà produite, si elle est autorisée. Mais cela ne résout pas le manque d'identité de ses géniteurs

C'est bien pour cela que Julien avait pensé à l'adoption !

-Peut-on modifier les étapes du voyage ? insiste le père de famille.

Amadou s'immobilise sur le bas-côté. Il est habitué à transporter des touristes depuis le temps qu'il pratique ce métier ! Il en a vu des caprices ! Mais là, il redoute le pire. Même si c'est pour la bonne cause ! Ce type assis à ses côtés ne connait pas les coutumes du pays, les découvre au fur et à mesure avec ce qu'on veut bien lui dire, et il voudrait faire en trois jours ce que les Sénégalais s'évertuent à régler depuis des années sans y parvenir !

-C'est-à dire ?

-Demain on est bien à Dakar ? poursuit le Français.

Le guide ressort la feuille avec l'itinéraire et la pose sur le volant.

-Oui visite d'une réserve animalière le matin, très belle d'ailleurs, puis de la ville l'après-midi.

-Pourrez-vous me déposer à l'ambassade de France ? Ma femme et mes enfants suivront le programme prévu.

Je suis certain que l'ambassadeur pourra nous aider sur ce coup-là. C'est juste pour une personne isolée, pas une généralité.

L'idée lui était venue d'un coup. Cet homme haut placé connaissait certainement du monde au gouvernement sénégalais. Il ne savait pas s'il obtiendrait le résultat escompté mais c'était la seule solution qui lui apparaissait.

-Vous pensez vraiment qu'il va vous recevoir !

-Je suis un ressortissant français.

Amadou lève les sourcils mais il se doit de l'emmener si c'est sa demande.

Les Barbot sont enfin arrivés à leur hôtel, complètement différent de celui de Saint-Louis. Ces bungalows en forme de cases rondes leur rappellent étrangement celles du village de Fathy. Avec beaucoup plus de confort !

-Ouah j'adore ! On vit vraiment à l'africaine ici !

-C'est le but en venant là, Clément. Mais n'oublie pas tout ce que tu as vu jusqu'ici. Là tu as l'eau courante, les toilettes et même la douche.

-Et un bon lit douillet à la place d'une simple paillasse !

-Et un restaurant où tu pourras déguster un repas complet !

Le garçon arbore une moue.

-Décidément, tout le monde se ligue contre moi !

La nuit est tombée depuis longtemps. Ils ne pourront pas voir le lac rose ce soir. Ils vont diner d'un bon pas. Toutes ces aventures leur ont ouvert l'appétit.

-Du poisson ce soir ? propose le serveur.

-De la lotte, je suppose ! Dans ce pays, c'est soit le poulet yassa, soit la lotte, avec du riz. Mais c'est bon, alors ça ira ! répond Clément.

Julien regarde autour de lui. Ces serveurs ont-ils un acte de naissance ? Et les femmes qui font le ménage dans les chambres ? Décidément, ces idées ne le quitteront pas du séjour.

Ils se sont levés tôt pour profiter du site. Ils avalent rapidement le petit déjeuner. L'étendue d'eau est juste derrière la dune. Quelques chameaux sont couchés sous les palmiers. Un peu plus loin, un bananier penche vers eux son énorme fleur comme pour leur souhaiter la bienvenue.

-Regarde en haut de l'arbre, on aperçoit des régimes de bananes.

-C'est la première fois au Sénégal ?

Romain sursaute et se retourne. Pourtant il connait l'expression maintenant ! Un jeune homme marche juste à côté de sa mère.

-Ils me gonflent avec ça ! marmonne Charline entre ses dents.

-Un bracelet, petite madame ? Regarde ! Avec des coquillages du pays !

Le camelot qui vient de l'aborder, lui en met un autour du poignet avant qu'elle n'ait eu le temps de réagir.

-Viens voir par là ! On a plein de choses à vendre. Et si tu m'achètes quelque chose, je te donne ce bracelet !

-C'était pas prévu au programme ! répond la femme. Pour l'instant, c'est l'heure de la balade.

Elle continue à avancer pour éloigner le marchand qui la colle trop. Mais il la suit.

-Tu promets ? Tu passes me voir au retour ?

-Waouuuh ! Que c'est beau !

Clément s'est arrêté, en extase. D'où il est, le lac lui renvoie des reflets rosés irisés magnifiques.

-La couleur est due à l'hyper salinité et à des bactéries, lui explique un local.

Des barques dorment, échouées sur la rive. D'autres évoluent sur l'eau, des hommes en combinaison debout à leurs côtés.

-Les gens que vous voyez là-bas sont des sauniers. Ils restent plusieurs heures dans l'eau. Mais c'est tellement salé ici qu'ils sont obligés de porter des tenues spéciales pour ne pas abîmer leur peau.

L'homme tend un doigt vers le lac.

-Vous devriez vous baigner, l'expérience est intéressante !

Le guide le leur avait aussi conseillé. Sans hésiter, ils se mettent en maillot de bain.

-J'arrive pas à nager ! s'amuse Romain.

-Moi non plus, mes fesses refusent de rentrer dans l'eau ! rit Clément.

Ils voulaient passer par cet endroit dans leur périple, pour visiter mais surtout pour tester. Charline, allongée en planche sur l'eau, a l'impression de se trouver sur un matelas gonflable.

-C'est génial, une eau surchargée en sel comme ça ! On ne risque pas de se noyer ! Et on pourrait presque y lire le journal ! Par contre, je la pensais plus chaude que ça !

Les pieds dans l'eau, Julien s'amuse à les voir patauger ainsi, tenter d'enfoncer leur corps dans l'élément liquide. Il ne peut s'empêcher de les filmer.

-Viens essayer au lieu de te moquer de nous ! l'invite Clément.

Après s'être séchés, les Français retrouvent leur guide.

-Je vous rappelle que nous partons visiter une réserve animalière. Il ne faut pas trop traîner.

En chemin, ils suivent les berges du lac. D'énormes tas de sel jonchent le sol. Des femmes viennent y remplir de lourds paniers ou des sacs qu'elles portent sur la tête. La sœur de Fathy et d'Imani en fait-elle partie ? Julien ne sait pas à quoi elle ressemble. Et quand bien même, pour lui ces femmes ont toutes les mêmes traits. Pourtant il ne peut pas s'empêcher d'y penser. Cette jeune fille, mineure et mariée de force, qui ne pourra jamais exercer la profession qu'elle souhaitait, esclave de la société ! Pour elle, il ne peut plus grand-chose non plus.

Son plan a muri. Avant de quitter l'hôtel, il s'est renseigné sur internet pour savoir comment contacter l'ambassadeur de France. Il n'a pas souhaité envoyer un message, craignant un délai de réponse trop long ou inexistant. Il préfère téléphoner. Il a noté le numéro. Mais il ne peut pas appeler lui-même, son forfait téléphonique ne le lui permet pas. Il est en Afrique et non en Europe. Il a demandé l'appareil d'Amadou. Il ignore s'il obtiendra un rendez-vous, si l'ambassadeur le prendra au sérieux. Mais peut-être celui-ci pourra-t-il lui donner quelques tuyaux, lui apprendre autre chose, un texte de loi qu'il ne connait pas, un moyen parallèle.

Tous filent maintenant vers la réserve. Pour les enfants, visiter l'Afrique sans voir d'animaux n'est pas concevable, bien qu'ils en aient croisé quelques-uns en route.

-Au Sénégal, les animaux sauvages ont été traqués et tués pour des raisons innommables : les éléphants massacrés pour l'ivoire, d'autres bêtes pour leur peau, d'autres tout simplement pour servir de trophées de chasse ! Pour gagner des paris idiots ! explique le guide.

-Mais c'est atroce ! Tout ça pour de l'argent ! s'indigne Romain avec une grimace qui en dit long sur son état d'écœurement.

-Certaines espèces sont en voie d'extinction à cause de ces braconniers, de ces tueurs ! Des animaux avaient même complètement disparus de notre pays, comme les girafes, les rhinocéros, les élands de Derby. Mais le gouvernement a réagi en créant des réserves pour les réintroduire.

-On en a des bêtes comme ça chez nous !

-Dans des zoos, oui. Mais elles ne viennent pas de France. Elles sont originaires d'Afrique et ce serait donc bien qu'on en ait aussi ici ! explique Amadou. Là, les animaux sont sur leur territoire, dans leur milieu naturel, même si des aménagements ont été réalisés pour les protéger. Ils sont surveillés mais heureux, rassurez-vous !

Il montre l'espace d'un grand geste du bras.

-Par contre, vous ne verrez ni éléphant, ni lion. Malgré leur réintroduction, on en a tellement peu qu'ils ne sont que dans les réserves de l'est du Sénégal.

-C'est dommage ! Mais on en voit pourtant chez nous ! gémit Clément.

-Ce que tu dois comprendre, c'est qu'ici tu ne verras pas un mélange des animaux du monde entier mais seulement ceux qui doivent vivre normalement en paix dans ce pays, répond Julien.

Les visiteurs ont changé leur véhicule contre une jeep ouverte d'où ils peuvent profiter du spectacle à trois cent soixante degrés. Debout, ils s'accrochent aux montants pour garder leur équilibre malgré les ornières.

-Regarde ! En haut de l'arbre !

Clément pointe son index dans la direction. Une tête de girafe broute quelques feuilles au sommet d'une branche.

-C'est magnifique !

-Ces petites cornes !

-Et ces longs cils !

-Et sa langue bleue, les gars, vous avez vu ?

Ils sont surpris par un bruit derrière eux. Un singe curieux s'est approché. Il reste toutefois prudent en se cachant parmi quelques feuilles qu'il amène délicatement devant son visage. Romain tend doucement sa main vers lui.

-Viens là, toi ! Viens nous dire bonjour !

Julien n'arrête pas de regarder sa montre. Encore plus d'une demi-heure avant de pouvoir appeler l'ambassade. Il soupire. Lui qui adore les animaux devrait prendre un énorme plaisir avec cette visite. Pourtant, il ne parvient pas à s'investir. Il s'en veut. Et se repose toujours les mêmes questions : Pourquoi a-t-il tenu à passer par ce village peul ? Pourquoi avait-il autant insisté auprès de l'agence lors de sa réservation ? Car il y avait certainement des tas d'autres villages à découvrir ! Pourquoi a-t-il souhaité visiter l'école et parler avec Fathy ? Il a tant l'impression d'avoir gâché son voyage ! Ou plutôt non ! Raté de la manière dont il l'espérait au départ, c'est-à-dire à la façon des touristes, de ses voyages précédents. A voir le plus beau dans le pays. A voir ce que le touriste désire ! Ce Fathy l'oblige à sortir de sa zone de confort, de comparer sa petite vie facile qu'il critique pourtant énormément pour se confronter à une misère inimaginable ! C'est un séjour si différent, si riche ! Non finalement, ce voyage n'est pas gâché. Pour la première fois de son existence, il a l'impression de faire quelque chose de vraiment utile pour quelqu'un, d'aider réellement sans contrepartie. Tant pis pour lui s'il n'arrive pas à profiter du reste. Cette action lui restera au moins gravée à vie dans sa mémoire. Encore faut-il qu'il parvienne au résultat escompté.

-Papa !

L'homme est pourtant assis juste à côté de Clément mais il reste muet, enfermé dans une bulle imaginaire et impénétrable, le regard dans le vide.

-Houhou, Papa !

Le gamin lui passe plusieurs fois sa main devant les yeux. Julien sursaute.

-Hein quoi ?

-Regarde cet élan ! La beauté de ses cornes torsadées !

-Et tous ces animaux vivent en parfaite harmonie ! ajoute le guide. Je pense que vous allez aimer ce qui suit !

La jeep se gare près d'un plan d'eau.

-Vous pouvez descendre mais ne passez pas le grillage ! Vous comprendrez vite pourquoi.

-Des crocodiles ! Ils ne bougent pas du tout ! Ils sont vrais ?

-Tout est réel ici !

-Ils n'ont pas l'air méchant !

Dans l'eau ou sur la pierre, ils sont immobiles. Jusqu'au moment où un oiseau, cherchant probablement une graine à manger, s'avance bien près. Rapide comme l'éclair, le reptile bondit sur sa proie en ouvrant une énorme gueule remplie de rangées de dents acérées.

Romain étouffe un cri en posant sa main devant sa bouche.

-Il va le manger !

Mais le volatile est agile et s'envole en une fraction de seconde au nez du caïman.

Julien n'assiste pas au spectacle. Il a emprunté le téléphone d'Amadou et s'est éloigné pour appeler l'ambassade. Il s'est écarté pour ne pas gêner sa famille mais aussi pour ne pas être dérangé. Comme un gamin qui prépare une bêtise ou se cache de quelque chose. Charline le voit piétiner, l'appareil à l'oreille, les lunettes de soleil sur le bout du nez, attendant une improbable réponse.

Les garçons ne se lassent pas des crocodiles, depuis le temps qu'ils voulaient en approcher. C'était d'ailleurs leur rêve le plus cher en venant au Sénégal, avant les paysages, les villages, les coutumes…et Fathy. Et heureusement car Julien traîne. Car cette fois, il est en train de parler. A qui, Charline l'ignore mais elle le voit à sa démarche si particulière dans ces moments-là et à sa bouche qui bouge. Pour l'instant, il ne sourit pas, ce qui fait penser qu'il n'a pas obtenu satisfaction. Le voilà d'ailleurs qui revient et tend le téléphone au guide en le remerciant.

Charline s'approche.

-Alors ?

-Il a fallu parlementer avec la secrétaire. C'est la première fois qu'on lui fait une telle demande.

Charline n'est pas surprise.

-Je le pense bien ! Surtout de la part de Français !

-En général, on les contacte pour des problèmes de visas ou des conditions de retour particulières.

Amadou s'est éloigné de quelques mètres pour ne pas prendre part à la conversation. Son travail de guide l'oblige à rester discret, même s'il aimerait bien s'investir dans ce beau projet, aider ses congénères et ses clients, lui qui a eu la chance d'être déclaré à l'état civil et d'accéder ainsi à ce métier dont il rêvait.

-Et alors ? poursuit-elle.

-Disons que j'ai beaucoup de chance. L'ambassadeur est là demain. Et, à force d'insister, cette brave dame, septique au début, a fini par me caser un rendez-vous le matin, entre deux lignes de l'agenda apparemment bien chargé. Elle ne me garantit pas le résultat. Elle ne sait pas s'il pourra faire quelque chose, voire même s'il me prendra au sérieux.

Il se gratte la tête, puis serre les poings.

-Mais je suis toujours aussi motivé et j'ai envie de tenter le coup ! Pour moi, ça devient une idée fixe.

-Je l'avais bien compris ainsi !

Il fait des tours avec son index à deux centimètres de sa tempe droite.

-J'ai maintenant un but dans la vie, en dehors de vous bien sûr !

Il a l'air vraiment fier de lui. Il lève les bras vers le ciel.

-C'est comme une mission humanitaire. Je ne suis pas capable de soigner les corps mais j'ai peut-être un avenir en permettant de soigner les âmes par l'obtention un simple papier !

-Oh là, le soleil t'a tapé sur la tête ! Tu t'entends parler ? grimace Charline.

Julien se contente de se tourner vers Amadou.

-Vous pourrez me déposer à l'ambassade de France demain matin ?

L'hôtel n'est pas vraiment typique avec ses chambres regroupées par blocs de quatre. Mais sans doute ne peut-on espérer mieux au centre de Dakar. Les chambres carrées sont fades, sans aucun ornement. Et la climatisation ne semble pas fonctionner. L'extérieur tranche vraiment, avec des allées bien entretenues et bordées de magnifiques bougainvilliers de plusieurs couleurs vives, tel un décor de film. Les Barbot n'ont guère le temps d'en profiter car la nuit tombe déjà.

-Il n'est pas tard. Puisque tu ne visiteras pas la ville avec nous demain matin, on va peut-être aller faire un tour ce soir, propose Charline.

-Et on a un peu de temps avant de dîner.

-Et ce sera quoi au repas d'après vous ?

-C'est bon ! Je vois Romain que tu t'adaptes bien au pays ! Mais vous n'allez pas nous le sortir à chaque fois, les enfants ! Vous vous répétez ! s'amuse Charline.

-Avoue que leurs cartes ne sont pas très variées !

-Certes mais c'est bon.

Ils empruntent la rue à droite sitôt la sortie de l'hôtel. Comme à Saint-Louis, malgré la nuit tombée, elle est très animée. Des tas de petites cabanes en tôle viennent de s'éveiller, contrastant avec les boutiques plus modernes, de type européen, juste fermées. Comme là-bas, elles inhalent un relent de viande grillée qui ouvre l'appétit des passants. Sur les grilles, les flammes lèchent par moment la graisse, éclairant d'un coup le visage du cuisinier. Sous les lueurs blafardes, les tôles brûlantes paraissent un peu rouillées. A moins que ce ne soit une accumulation de graisses cuites.

-C'est encore la viande qui sèche en plein soleil toute la journée qu'ils sont en train de cuisiner ? Comme le gros morceau qu'on a photographié accroché à une ferraille cet après-midi ?

-Celle couverte de mouches ? Beurk !

Clément refoule une grimace qui passe inaperçue dans la pénombre.

-Papa, tu crois qu'on serait malade si on en mangeait ?

-Pourquoi ? Elle te tente ?

-Je crois que je préfère le menu du restaurant.

Charline tente quelques clichés. Beaucoup ne souhaitent pas se trouver dessus, certainement pour les mêmes raisons que les pêcheurs de Saint-Louis.

-C'est la première fois au Sénégal ?

-Ah ça suffit !

Charline vient de se retourner et fait face à l'Africain qui l'a interpelée.

-Tu viens voir ce que je vends ? C'est pas cher ! insiste le type avec un grand sourire.

-Je croyais qu'il ne fallait pas répliquer, qu'il fallait les ignorer, garder son calme ! C'est bien ce que tu nous as dit ? interroge Romain.

-C'est vrai mais là je n'en peux plus ! Depuis ce matin, ils me collent sans arrêt, me mettent de force des bracelets au poignet, des objets dans les mains, me suivent pour que je leur achète ! Je voudrais juste me promener cinq minutes tranquillement avec ma famille, profiter du spectacle, de l'ambiance !

-Mais c'est ça, l'ambiance, ma chérie ! s'amuse julien.

Le gars s'est écarté mais un autre les prend aussitôt en chasse.

-Laisse, je m'en occupe ! lui souffle Julien à l'oreille.

-Vous avez visité la coopérative ? leur demande l'Africain en les invitant à le suivre d'un geste de la main.

Les Français ne souhaitent pas lui emboiter le pas, mais c'est le chemin de l'hôtel et il est l'heure du dîner.

-Les guides ne vous apprennent pas tout, s'acharne le type.

Il montre des habitations en mauvais état, du genre de celles qu'ils avaient vues sur le port de Saint-Louis.

-Dans les hôtels, vous avez l'eau potable, mais c'est loin d'être le cas chez les particuliers. Les branchements commencent à arriver mais coûtent très chers et on ne peut pas les payer. Je parie qu'on ne vous avait pas dit tout ça !

Il se frotte les mains.

-Avec ce qu'on a déjà appris sur le pays, cela ne nous étonne pas ! enchaîne Julien.

-Il est où votre hôtel ?

Ah voilà ! Amadou les avait prévenus ! Une bande de jeunes cherche à vendre à prix fort aux touristes toutes sortes d'objets sans possibilité de marchander. Comme à Saint-Louis ! Et même pire puisqu'ils suivent leurs proies jusqu'à un distributeur de billets pour récupérer l'argent. Heureusement, il ne s'agit que de quelques individus isolés. Comme partout d'ailleurs ! Les Barbot décident de changer de direction.

-Hep ! La coopérative est par là ! poursuit le type.

Ils continuent à l'ignorer. L'autre les colle encore.

-Venez voir, c'est fabriqué devant vous !

-On attend notre chauffeur ! On ne loge pas à l'hôtel ! Inutile d'insister !

-Vous dormez où alors ? Chez lui ? Comment s'appelle-t-il ?

Il commence à l'énerver, celui-là. Julien avance sans se préoccuper des questions. Mais il ne sait pas trop comment s'en débarrasser. Il repère soudainement deux autres Français croisés à l'hôtel peu de temps avant. Il se dirige vers eux comme s'il les connaissait depuis longtemps.

-On va prendre un verre pour finir la soirée ?

Il les prend par l'épaule et les pousse discrètement.

-Je vous expliquerai, leur chuchote-t-il à l'oreille.

Le gars finit par partir, las de générer beaucoup d'énergie pour rien. Mais ce n'est que partie remise, Julien est certain qu'il va sauter à nouveau sur les premiers touristes qu'il croisera. Ce type a-t-il un acte de naissance ? Et les autres qui gagnent quelques sous en grillant de la viande ? Comme il voit les gens différemment maintenant ! Les enfants comme les adultes. Il commence à les repérer. C'est un autre aspect du voyage qui le suivra toute sa vie, dans tous ses déplacements à l'étranger, dans les pays en voie de développement, ou émergeants pour employer un terme à la mode.

Pourtant les différences sont si importantes ! Jamais en France de telles cabanes n'obtiendraient l'autorisation de vendre de la nourriture dans de telles conditions ! Les services sanitaires les feraient fermer illico ! Sans parler des taxes à régler ! Julien ne sait pas si ces gens doivent payer pour travailler. Il en parlera avec le guide.

La nuit avait été agitée pour tous. Julien avait bien sûr rêvé de Fathy, ou plutôt s'était réveillé plusieurs fois, anxieux du résultat du rendez-vous du lendemain avec l'ambassadeur. Charline, dans son sommeil, avait été poursuivie toute la nuit par des camelots la couvrant d'objets les plus divers. Clément était monté sur le dos d'une girafe et faisait la course avec son frère dans la brousse. Quant à romain, il s'était battu avec un crocodile. Et, tel l'oiseau, il avait vaincu, maintenant grande ouverte avec ses deux mains la gueule de l'animal sous les applaudissements de Fathy et Amadou. Peut-être avait-il laissé échapper quelques cris en dormant mais personne ne l'avait remarqué.

Pourtant le réveil n'avait pas été pénible. Julien avait sauté du lit.

-Allez, debout tout le monde !

Pendant que la famille se prépare pour aller prendre le petit déjeuner, il tourne et retourne dans cette chambre, piétine. Il ne sait pas s'il est énervé, stressé ou impatient. Il n'arrive pas à définir ce qu'il ressent au fond de lui. C'est un sentiment vraiment étrange. Mais c'est comme si sa vie en dépendait. Comme avant un examen ou une décision importante ! Son souffle est court, il se tord les mains.

-Tu vas te calmer ?

Charline soupire de le voir dans cet état.

-Pas de regret de ne pas visiter la ville avec nous ?

-Pas le moins du monde !

-Ce rendez-vous n'est quand même pas vital pour toi ! Et sans conséquence sur ton existence ! Arrête de te mettre dans des états pareils ! poursuit-elle.

-Moi non, mais Fathy oui ! Imagine un de tes gamins à sa place ! Et pour une fois que je pourrai faire une bonne action !

Il se rapproche de Charline, la regarde dans les yeux.

-Je serai fier si je réussis ! Et je pense que mes enfants aussi !

Amadou se profile au bout de l'allée de l'hôtel. Les Barbot partent à sa rencontre.

-Bien dormi ? s'informe poliment le guide.

En fait, il n'attend pas la réponse. Il les amène vers la voiture et ouvre les portières pour les faire entrer dans l'habitacle.

- Je commençais à m'impatienter ! attaque Julien. Pas de changement ! Direction l'ambassade ! On a le temps de s'y rendre avant neuf heures trente ?

Le père de famille regarde sa montre pour la nième fois. Amadou se contente de sourire en empruntant la direction du nord de la ville.

-Et pour les autres, on garde le programme prévu ? finit-il par demander.

-Pour aujourd'hui oui. Après, tout dépendra de la réponse obtenue par Monsieur ! répond Charline avec une pointe d'amertume dans la voix.

Comme Julien, et sans se concerter, elle est partagée entre le voyage touristique et le geste humanitaire. Elle est certes très sensibilisée au problème de Fathy et de ses copains mais elle aurait préféré le gérer à un autre moment, depuis la France, pour profiter de tout. Quitte à revenir dans ce pays pour la récompense suprême. Tout est trop précipité, difficilement maîtrisable. Tout est chamboulé. Tant qu'à faire d'agir sur place, elle aurait aimé accompagner Julien. Mais elle pense aussi à Romain et Clément, dont c'est le premier grand voyage, et qui ne sont pas vraiment prêts à passer leur temps en rendez-vous et en attentes diverses. Ils sont impliqués et heureux de l'être, ils apprennent à apprécier leur confort, ils découvrent un mode de vie différent, mais ils sont là avant tout pour visiter. Ils avaient choisi leur périple avec leurs parents avant de partir. Charline est donc un peu frustrée, mais aussi impatiente de contempler une ville différente de Saint-Louis. Elle en a également assez de l'attitude de son mari. Il semble complètement occulter le voyage. Elle qui rêvait d'une semaine merveilleuse en famille. Mais elle connait son entêtement habituel. Quand il a une idée derrière la tête…

Amadou dépose Julien devant la grille verte d'un immense bâtiment beige à plusieurs étages où flotte le drapeau français. La portière se referme sur un homme souriant et confiant, qui ne sait pourtant, ni s'il sera vraiment reçu, ni pour combien de temps il en a.

Après avoir longé la corniche avec une vue extraordinaire sur la côte, la voiture, avec le reste de la famille à son bord, s'arrête devant un bâtiment blanc couvert d'antennes.

-Le phare des Mamelles !

Charline et les enfants descendent tout en regardant tout autour d'eux.

-Ouahh ! Quel paysage !

D'où ils sont, ils aperçoivent toute la ville et la presqu'île, jusqu'à l'aéroport, sans parler de la côte et des îles.

-Magnifique ! Papa ne sait pas ce qu'il rate ! s'émerveille Clément.

-Vous êtes sur le point culminant de Dakar, sur la plus haute des deux collines jumelles des Mamelles, explique Amadou.

Le soleil se reflète dans la mer, irisant l'eau de reflets argentés.

-C'est le plus ancien phare de la ville et le plus occidental du continent. C'est aussi le plus puissant d'Afrique avec celui du Cap de Bonne Espérance.

Le guide accompagne ses explications de grands gestes mais, pour une fois, nul n'y prête attention, le regard attiré ailleurs.

-Tu as vu cette statue en face ? Elle a l'air gigantesque !

Clément montre du doigt un imposant monument à quelques pas.

-Je vous y emmènerai après, c'est prévu. Mais on a des tas d'autres choses à faire avant. Confirmez-moi :

Les îles, le marché et la plage, vous les voyez bien en visite libre ?

-Oui c'est normalement pour les deux jours à venir. Avec Julien !

La voiture roule dans des rues bien différentes de celles de Saint-Louis. Elles sont plus larges, plus modernes. Il est vrai qu'ils ne visitent pour l'instant pas les quartiers populaires. Charline se demande ce que devient son mari. A-t-il réussi à voir l'ambassadeur ou attend-t-il encore dans un salon qu'elle imagine luxueux ? Il n'a pas donné de nouvelles, c'est signe qu'il n'a pas terminé son rendez-vous.

Les Français arrivent devant une magnifique église toute blanche, flanquée de deux grandes tours rectangulaires et quatre anges en façade.

-C'est la cathédrale, construite à l'origine pour rendre hommage aux combattants africains. Je vous conseille vivement d'aller admirer la coupole. Je vous attends ici.

Charline regarde à nouveau sa montre. L'heure tourne et Julien n'a toujours pas appelé. Cela lui gâche un peu ce tour de la ville. Elle a hâte de le retrouver, et surtout de savoir. Elle regarde partout mais c'est devenu pour elle aussi une idée fixe. Ces gens, hormis les nombreux touristes qui gravitent ici, ont-ils un acte de naissance ? Dans une grande ville, la probabilité en est plus forte. La proximité des administrations, et sans doute l'effet de masse, aident à connaître les démarches à réaliser. Avec une scolarisation de proximité, l'alphabétisation est aussi plus facile. Des gens qui ont certainement davantage de chance que Fathy dans son fond de brousse ! A moins qu'elle ne se trompe ! Tout est si différent dans ce pays !

-Et voici le palais présidentiel. Vous n'avez pas l'autorisation d'y entrer. Par contre, en lui demandant gentiment, vous pourrez obtenir une jolie photo à côté du garde. Il n'a pas le droit de vous parler mais il acceptera le cliché.

Un type armé, vêtu d'une jolie veste rouge, assortie à la cape et au chapeau, et portant un pantalon bleu, est immobile devant une magnifique grille en fer forgé. Derrière lui apparait un palais blanc légèrement masqué par de grands palmiers.

-Et maintenant, le clou du spectacle ! annonce Amadou.

-La statue ?

-Elle-même !

Celle-ci grossit au fur et à mesure qu'Amadou en approche. Le guide trouve finalement une place entre deux cars.

-C'est le monument de la renaissance africaine. Vous n'êtes pas obligés d'y monter. Il y a cent quatre-vingt-dix-sept marches et une entrée assez chère pour voir la même chose que du phare. Car on est juste en face, sur l'autre colline des Mamelles.

Amadou montre le paysage avec de larges gestes des bras.

-Elle est vraiment énorme, cette statue ! souffle Clément.

-C'est un couple et son enfant dressés vers le ciel. Elle symbolise l'Afrique sortant des entrailles de la terre et mesure cinquante-deux mètres de haut, fabriquée tout en bronze et en cuivre.

-Elle a dû coûter une fortune ! s'émerveille Charline.

-Il est bien là le problème ! Son montant est d'environ vingt millions d'euros. Elle a été inaugurée en 2010 pour le cinquantenaire de l'indépendance, dans un contexte de crise économique du pays !

-Vingt millions d'euros ? Ils auraient pu en donner des certificats de naissance à la place ! Je comprends la polémique, quand on connait le salaire d'un Sénégalais !

Amadou porte son téléphone à l'oreille.

-C'est votre père ! Il est sorti ! Nous aussi, on a terminé, ça tombe bien ! On va aller le récupérer.

Julien les attend à l'endroit même où il avait été déposé quelques heures plus tôt, comme s'il n'avait pas franchi la grille. De l'intérieur de l'habitacle, tous scrutent son visage. Mais celui-ci ne laisse strictement rien paraitre, tout comme il n'avait rien dit au téléphone. Avait-il été reçu ? Ou s'était-il contenté d'attendre bêtement dans l'un des salons ou dans un vulgaire couloir ? Et si, par chance, il avait rencontré l'ambassadeur, quel en était le résultat ?

Julien ne semble pas pressé de monter dans la voiture. Veut-il faire durer le suspense ou retarder l'annonce d'une mauvaise nouvelle ? Ses traits restent impassibles ! La situation devient énervante pour Charline et les enfants qui y ont pensé toute la matinée et qui attendent le verdict avec tant d'impatience ! A cet instant, pour eux, les secondes semblent durer des heures.

L'homme daigne enfin ouvrir la portière et s'installe tranquillement sur le siège passager.

-Alors ?

Les trois voix à l'arrière ont parlé dans un unisson parfait.

Julien prend le temps d'attacher sa ceinture, comme s'il n'avait rien entendu. Il se retourne enfin vers sa famille et arbore un sourire.

-L'ambassadeur est vraiment un homme charmant !

-Il t'a reçu ?

Romain est si impatient qu'il agrippe fermement l'appui-tête pour se rapprocher de son père.

-Et alors ? insiste Charline.

Julien sourit malicieusement.

-Ne parlez pas tous en même temps !

Puis il prend sa respiration, retrouve son sérieux.

-C'est la première fois qu'il a ce genre de demande. C'est dire s'il a été surpris. D'habitude, on le sollicite pour des papiers, des visas, mais pour des Français, pas pour des Sénégalais !

-On s'en doutait bien ! coupe Romain en levant les yeux au ciel, un peu énervé par le suspense gardé par son père.

Sans relever la réflexion, Julien avale sa salive.

-Il m'a écouté et a compris ma démarche, ou plutôt notre démarche. Lui-même est très sensibilisé par ce problème. Mais ce n'est pas son travail. Lui s'occupe des ressortissants français et de la représentation de son pays à l'étranger.

Une énorme déception se lit sur les trois visages à l'arrière.

-Donc il ne peut rien faire pour Fathy ?

Romain lâche l'appui-tête de dépit. Son ton de voix correspond à son expression. Une barre lui plisse le front. Julien se tord les doigts.

-Il va essayer mais il ne garantit rien. Il connait très bien la ministre de la famille. Il a souvent travaillé avec elle pour des regroupements familiaux, pour des gardes d'enfants suite à des divorces. Il doit tenter de la joindre pour voir ce qu'il est possible de faire. Mais…

-Mais ?

-S'il y parvient, il ignore si ce papier pourra être donné à Fathy avant notre départ. Le délai est beaucoup trop court !

-Ce sera vexant, c'est certain ! On a quand même tout organisé. Mais l'essentiel est qu'il l'obtienne ! conclut Clément.

Julien se retourne, énervé.

-Tu te forces, ou quoi ? Tu n'as pas compris que, si on n'est pas là, il ne pourra pas avoir cet acte ?

Le gamin écarquille les yeux. En effet, quelque chose a dû lui échapper. Il réfléchit en se mordant la lèvre inférieure. Julien soupire en levant les bras au ciel.

-Tu te souviens que, pour avoir ce certificat, Fathy a besoin de deux témoins possédant des papiers d'identité. J'ai proposé ta mère et moi à l'ambassadeur pour remplir ces rôles.

-Mais tu es Français ! Tu n'as pas assisté à sa naissance ! De quoi peux-tu témoigner ? se rebelle Romain.

Julien réfléchit à la manière de lui expliquer. Il se pince le menton.

-Ce qu'on appelle témoin ici pour ce genre de choses, ce sont des personnes qui peuvent attester de l'identité de l'enfant, des personnes qui ont vécu avec sa famille ou qui peuvent prouver sa filiation. Et tout cela, on en est capable. Je suis certain que la plupart des gens sont des témoins « fantômes ».

-Mais ses parents n'ont pas de papiers ! Tu auras beau témoigner, ce problème-là ne sera pas résolu !

-C'est en effet le souci. L'ambassadeur a pris le numéro de téléphone d'Amadou et doit nous prévenir par son intermédiaire dès qu'il a des nouvelles de la ministre.

-Et en attendant ? questionne le guide.

-On continue la visite, évidemment ! Je pense que j'ai raté assez de beaux sites ce matin !

-Tu es loin d'imaginer, papa !

Le bateau vient d'accoster à l'île de Gorée. Amadou a laissé la voiture sur le continent. Ici, tout se passe à pied.

-C'est la première fois au Sénégal ?

-Ça recommence ! soupire Clément

-Maman a déjà deux bracelets en cuivre autour du poignet. Mais elle semble intéressée, pour une fois.

-Dix euros les cinq bracelets ! insiste le marchand ambulant.

Romain s'approche de sa mère et lui chuchote à l'oreille :

-Je peux marchander ?

Suite au signe de tête approbateur, il se lance.

-Trois euros !

-Huit !

L'enfant s'amuse follement et finit par remporter le marché et choisir ses articles pour la moitié du prix de départ.

-Pas mal ! le félicite sa mère. On a chacun le nôtre et on donnera le cinquième à Mamie. On n'avait pas acheté grand-chose jusqu'à présent, il faut s'y mettre, le séjour se termine.

Julien est en admiration devant un coiffeur et barbier qui œuvre en pleine rue, devant de vieilles maisons fleuris de bougainvilliers de toutes les couleurs. Charline, elle, regarde le linge étendu sur la place publique, des grands draps qui pendent presque jusqu'au sol. Des groupes d'enfants y jouent au ballon. Ont-ils une identité ceux-là ? Ils ne sont pas loin de la capitale et l'île est petite, il est sans doute plus facile de s'y faire déclarer à la naissance.

-L'ambassadeur n'a encore pas appelé ? s'inquiète-t-elle auprès d'Amadou.

-Il n'est pas tard, madame.

-Et cette statue, c'est quoi ? interroge Clément en la montrant du doigt.

-Elle représente deux esclaves et rappelle une période de quatre siècles de traite négrière en Afrique, explique le guide.

-Oui j'ai étudié ça à l'école.

-Et tu vas visiter la maison des esclaves pour mieux te rendre compte de leurs conditions de vie. Si on peut appeler cela une vie !

Le bâtiment rose est flanqué d'un élégant escalier en fer à cheval. Du dehors, rien ne laisse présager des souffrances qui se sont passées à l'intérieur.

-Je vous attends à l'extérieur, annonce Amadou. Les explications vous seront données par le conservateur, qui en sait beaucoup plus que moi !

Celui-ci domine, grimpé sur quelques marches, devant un auditoire passionné.

-Les cellules de moins de sept mètres carrés contenaient quinze à vingt personnes attachées par des chaines au cou et aux bras, et souvent deux par deux pour éviter qu'elles ne s'enfuient. Ces pauvres gens pouvaient être jusqu'à deux cents dans cette esclaverie. Ils restaient là environ trois mois dans des conditions d'hygiène déplorables.

-Quelle horreur ! Ils n'avaient certainement pas d'identité !

Le conservateur a entendu les paroles de Romain.

-Tu as raison, jeune homme ! Ces esclaves ne portaient qu'un matricule !

-Comme dans les camps de concentration !

-C'est un peu la même chose. Ici, la seule porte de sortie était celle qui donne sur la côte rocheuse et l'océan.

Julien regarde encore sa montre. L'heure tourne et il ne sait pas si l'ambassadeur a appelé puisqu'Amadou n'est pas avec eux. Il n'accélère pourtant pas la visite. Le lieu est passionnant, chargé d'histoire, d'une histoire qui a conditionné cette partie de continent et ce peuple.

Ils sortent tranquillement et retrouvent leur guide qui les attend juste en face. Julien mime un téléphone à l'oreille en le regardant. Mais le coup de fil n'est pas arrivé. L'homme soupire de dépit.

Des marchands ambulants se précipitent à nouveau, collant un peu trop Charline à son goût.

-Je vous emmène voir des artisans, notamment un type qui va réaliser devant vous de magnifiques tableaux de sable, annonce Amadou en faisant un signe de la main.

Il sort aussitôt son portable de sa poche.

-Allo ?

Sans rien dire, il passe l'appareil à Julien qui s'écarte quelques minutes pour discuter au calme. Charline, Romain et Clément trépignent d'impatience, guettant ses moindres réactions. Mais il se contente de piétiner, comme à chaque fois qu'il téléphone.

-Alors ?

Il vient de raccrocher et revient rapidement vers eux.

-Il est génial !

-Qui ?

-L'ambassadeur ! Il est génial ! Il m'avait fait bonne impression et ça se confirme !

-Raconte !

Romain est impatient. Mais il y a beaucoup de monde dans la rue, et ces camelots qui les collent encore ! Julien n'a pas envie d'en discuter devant eux. Il entraine sa famille sur la place où les draps sèchent toujours au soleil.

-Il a parlé avec la ministre. Il lui a expliqué notre demande. Elle a été très touchée que des Français puissent s'intéresser à un enfant peul dont ils ignoraient l'existence quelques jours auparavant.

-La suite ?

Julien a la gorge sèche. Il tire une bouteille d'eau de son sac à dos, en avale quelques gorgées et fait claquer sa langue contre son palais.

-Une chose la dérange : Pour obtenir cet acte, au moins l'un des parents doit présenter une pièce d'identité.

-Ah ! C'est fichu alors ! se désole Clément.

-On l'avait dit ! ajoute Romain, dépité, en tapant une main contre sa cuisse

Julien lui pose une main sur l'épaule.

-Pas encore. Cette femme est vraiment sensibilisée par ce problème. Le pays travaille beaucoup sur cette question. Et de voir que des Français s'investissent aussi, elle est prête à passer outre ce détail.

-Gros détail quand même ! ajoute Charline en faisant la moue.

-Aie confiance !

Le bateau a à peine accosté à Dakar que la sonnerie du téléphone d'Amadou sonne de nouveau. L'homme regarde le cadran et passe illico l'appareil à Julien.

-A voir le numéro qui s'affiche, je pense que l'appel est pour vous.

Comme à son habitude, le père de famille s'éloigne et piétine en parlant. Mais, cette fois, son corps tremble et il ne parvient pas à se contrôler.

Il raccroche enfin. Il est pâle. Charline se dirige vers lui en fronçant les sourcils.

-Une mauvaise nouvelle ?

-Au contraire !

Ses jambes ne le portent plus. Il est trop émotif. Il préfère s'asseoir par terre.

-Raconte ! s'impatiente Romain.

Julien souffle bruyamment, il est très rouge et s'évente le visage avec sa main.

-La ministre aussi est formidable. Elle a contacté un officier d'état civil. Et si on est toujours d'accord pour être ses témoins, il rédigera exceptionnellement le fameux sésame de Fathy, même sans l'identité de ses parents.

Les enfants sautent sur place.

-Ouais ! Super !

 Julien se relève et les arrête d'un geste de la main.

-Du calme, on a encore du boulot !

Les garçons se regroupent autour de lui.

-Dis-nous !

-Fathy doit venir jusqu'ici car ces formalités sont impossibles à Saint-Louis dans les temps impartis.

Romain réfléchit très vite.

-Ce sera une audience foraine ?

-Non il lui remettra individuellement.

-Il faut contacter Vincent. Il mettra Fathy dans un train et on le récupérera ici.

Le gamin parle aussi rapidement qu'il pense, deux doigts pointés sur sa tempe, comme pour canaliser ses idées.

Amadou lève une main à mi-hauteur, comme un élève qui veut prendre la parole à l'école. Mais il n'attend pas la réponse.

-Excusez-moi de me mêler de votre conversation mais il y a un léger problème !

-Lequel ?

Ils ont tous parlé en même temps.

-Il n'existe pas de train entre Saint-Louis et Dakar.

-Comment ça ?

L'homme peut lire la panique dans les yeux des enfants.

-Mais comment va-t-on faire ? Amadou, toi qui connais le pays, aide-nous ! supplie Romain.

Le guide sourit. C'est lui qui est subitement devenu centre d'intérêt à la place de Julien. Il se redresse et parle comme un orateur, assez fier de son rôle.

-Déjà je voulais vous dire que je prends beaucoup de plaisir avec votre famille. Mon travail est souvent routinier. Mais, avec vous, je ne m'ennuie pas, bien au contraire. C'est bien la première fois dans ma carrière, et je ne suis pas un débutant, qu'on s'intéresse ainsi à la vie des habitants, et surtout qu'on demande ma collaboration pour les aider. J'ai vraiment le sentiment de me rendre utile, de servir à autre chose qu'un livre touristique couplé à un chauffeur. Je me sens valorisé et je vous en remercie.

Comme Julien, il fait durer le suspense. Ce n'était pas ce genre de discours que les enfants attendaient et ils trépignent d'impatience.

-Alors, comment peut-il venir jusqu'ici ?

Le guide se pince la lèvre inférieure, plisse le front, prend une grande inspiration.

-Il y a plusieurs possibilités. La meilleure est le taxi-brousse.

-C'est quoi ?

-C'est un véhicule de type 505 break de sept places, très coloré, souvent cabossé. Oh ce n'est pas très confortable. Il n'est pas climatisé et secoue un peu mais il fait un peu partie du folklore du pays. Ce sont les voitures qu'on a croisées avec des bagages énormes ou des humains sur les toits !

-Ah oui, on a pris des photos ! Peu importe, ce sera du luxe pour Fathy qui n'a jamais dû monter dans ce genre d'engin ! s'amuse Julien.

-Et même une sacrée aventure !

-Et on les prend où ? Combien de temps dure le voyage ? Combien ça coûte ? s'enquiert Romain en parlant très vite sans reprendre son souffle.

Amadou lève une main pour apaiser l'angoisse qui monte.

-Du calme ! Une question à la fois !

-Il faut faire vite ! Le chronomètre est déclenché ! insiste Charline.

Amadou les invite à s'asseoir par terre à l'ombre d'un gros palmier. Le soleil commence à décliner mais il est encore chaud.

-Il n'y a pas de chronomètre en Afrique ! Ici nous prenons notre temps. Mais nous y arrivons quand même ! tranquillise le guide d'une voix un peu traînante et avec un grand sourire.

Les Français sont suspendus à ses lèvres.

-La distance entre les deux villes est de deux cent soixante kilomètres mais le trajet durera plus de six heures.

-C'est long ! Il ne sera jamais là à temps ! constate Clément.

Amadou prend tranquillement sa respiration.

-Tu as pu constater que ce n'est pas le réseau routier de France. Ici, un tel trajet est considéré comme très long. Le taxi-brousse va aussi effectuer plusieurs arrêts.

Romain réfléchit encore à toute vitesse.

-Il nous faut tous les détails pour informer Vincent. C'est lui qui organisera le voyage jusqu'ici. Et je ne suis pas certain qu'il connaisse cette manière de se déplacer.

Julien sort un carnet de son sac et prend des notes.

-Je ne sais pas exactement où se trouve les gares de départ. Il faudra se renseigner sur place, poursuit le guide.

Il lève l'index.

-Mettez-le quand même en garde ! Qu'il ne se fasse pas avoir par les coxers !

-Les quoi ?

-Des types qui ne sont pas fiables et demandent beaucoup plus cher. Le trajet depuis Saint-Louis doit coûter environ cinq mille francs CFA, soit un peu moins de huit euros.

-C'est tout ?

-Il y a plusieurs départs par jour ?

Amadou poursuit ses explications.

-En général, le chauffeur attend que le véhicule soit plein avant de partir. Si vous êtes vraiment pressés, je vous conseille d'acheter plusieurs places, même si elles restent vides. Il aura son compte et partira plus vite. Et le trajet en sera aussi plus confortable pour vos convives.

-Vu le prix, cela ne pose pas trop de problème ! Sitôt rentré à l'hôtel, je vais essayer de joindre Vincent par internet. Il doit être chez lui à cette heure-là. Je lui enverrai un SMS avant, conclut Julien.

La communication en vidéo n'est pas d'une qualité exceptionnelle. Elle coupe par moments mais Julien, assis à la table de sa chambre d'hôtel, et Vincent parviennent à se parler.

-C'est vrai ? Ils ont accepté ?

L'instituteur saute de joie. Il avait laissé les Barbot gérer l'affaire mais il n'y croyait pas vraiment. Surtout en si peu de temps et avec autant de méconnaissance du pays ! L'homme réfléchit rapidement à la situation.

-Quand veulent-ils lui remettre le papier ?

-Avant notre départ. C'est indispensable ! Vue l'heure tardive, je pense qu'il sera difficile d'organiser un voyage pour demain.

L'image est sombre et saute un peu. Mais Julien voit Vincent se gratter le front devant la caméra avant de prendre des notes sur tout ce qu'Amadou avait expliqué.

-Je vais regarder sur internet où se trouve le départ du taxi-brousse et, avant de me rendre au travail demain, j'irai lui réserver une place pour vendredi. Enfin si c'est possible vingt-quatre heures avant !

Il lève son crayon. L'image coupe à nouveau mais le son persiste.

-A la fin des cours, demain, j'emmène Fathy avec moi jusqu'à Saint-Louis. Il dormira chez moi. Par contre…

-Par contre ?

-Le faire voyager seul me gêne. Il est très jeune. Certes, les gamins ici sont plus indépendants qu'en France. Et pas besoin d'autorisations parentales. Mais le voyage est long ! Six heures, m'as-tu dit ! Avec des gens qu'il ne connait pas et que je ne connais pas non plus ! Et je ne peux pas l'accompagner ! Je n'ai pas le droit de laisser ma classe ainsi une journée, bien que personne n'ira se plaindre dans le village.

Julien soupire.

-Bien sûr ! Je comprends. Il faut lui trouver un accompagnateur. Un membre de sa famille peut-être, ou un voisin ?

-Je m'en occupe. On se recontacte dès que j'ai du nouveau.

Les deux hommes raccrochent. Julien se retourne vers les siens.

-Nous devons nous organiser en fonction de Fathy. J'enverrai un message à la première heure à l'ambassadeur pour le prévenir de la date.

Charline lui coupe la parole.

-Je te rappelle que nous n'avons pas Amadou pour nous véhiculer, et encore moins pour nous prêter son téléphone !

L'homme se tord les mains. Oui il le savait. Dans leur séjour, ils avaient demandé les trois derniers jours libres. Pour flâner sur les marchés, dans les magasins, aller bronzer à la plage, à leur rythme et à leur convenance, sans chauffeur et sans guide. Ils étaient loin de se douter, en partant de France, que leur programme allait se trouver ainsi chamboulé.

Des images lui traversent la tête : Fathy et sa famille dans leur village, Vincent dans l'école, les pêcheurs, les marchands ambulants, Amadou, tous ces gens qui ont peuplé son voyage, qui lui ont appris ce qu'était la pauvreté, la débrouille, et surtout l'humilité en quelques jours ! Toutes ces personnes qui l'ont fait réfléchir sur sa situation, qui l'ont fait se dépasser, qui lui ont changé sa vie ! Non il ne reviendra pas indemne chez lui ! Et cette vision qui le hante, d'un fantôme avec la tête de Fathy ! Non cela n'existera plus ! Du moins pas pour ce garçon !

-On se débrouillera !

Il se lève, frappe rapidement dans ses mains.

-On n'a pas le choix ! On réorganise notre planning !
On n'a pas acheté nos souvenirs, on s'en occupe demain.
Pour le reste, on verra !

Vincent n'a pratiquement pas dormi de la nuit, aussi excité par l'événement, et surtout ravi pour son élève qu'il pourra enfin inscrire au certificat d'études et faire passer au collège.

Il n'a pas pu réserver de places pour Fathy. Comme l'avait expliqué Amadou, le taxi attend d'être rempli pour partir, peu importe l'heure. Il l'emmènera donc le plus tôt possible le lendemain, pour ne pas rater le départ, sans savoir combien de temps il patientera. Difficile de donner une heure d'arrivée à Julien dans ces conditions.

Le trajet jusqu'à son école ne lui a jamais paru aussi court. Il n'a même pas prêté attention aux ornières sur la piste et les sursauts de la voiture s'écrasant dedans.

Comme à son habitude, Fathy l'attend, assis sur le seuil, le nez dans les livres. Vincent s'approche et lui tapote l'épaule. L'enfant lève les yeux vers lui.

-Bonjour monsieur !

Il replonge aussitôt dans sa lecture. L'homme s'assoit à ses côtés.

-Fathy ?

L'élève est surpris par tant d'insistance.

-Qu'y a-t-il ? J'ai fait quelque chose de mal ?

Son regard est presque paniqué. Vincent sourit et lui repose une main sur l'épaule.

-Au contraire ! Tu as gagné !

-Gagné quoi ?

Même s'il a trop hâte de le lui annoncer, l'homme tente de maintenir le suspense. Il attend encore quelques secondes. Quelles pensées se bousculent dans cette jeune tête qui fronce les sourcils, à moitié paniquée ?

-Tu vas avoir ton papier !

Un cri étouffé s'échappe de la bouche grande ouverte de Fathy.

-Mon acte de naissance ?

L'enfant n'attend pas la réponse et se jette dans les bras de son maître.

-Merci merci merci !

L'émotion est énorme et réciproque. Fathy ne peut retenir ses larmes qui coulent à flot sur ses joues. L'instituteur a la gorge tellement nouée qu'il ne parvient pas à parler. Il sent ses yeux s'humidifier. Il tapote doucement le dos du gamin toujours blotti dans ses bras. Il avale plusieurs fois sa salive mais sa voix reste voilée.

-Ce sont tes amis français qu'il faudra remercier !

Fathy s'écarte un peu et le regarde fixement.

-Romain et Clément ?

-Et leurs parents ! Ils se sont vraiment démenés pour toi.

L'enfant se reblottit dans les bras de son maître d'école. Le livre tombe sur le sol mais, pour une fois, il s'en moque complètement.

-Je suis si heureux ! Je vais pouvoir passer mon certificat d'études et entrer au collège !

Il s'écarte à nouveau et prend la main de Vincent.

-Et devenir instituteur à mon tour !

Il essuie discrètement ses larmes qui continuent à couler. Vincent avait prévu un mouchoir et le lui tend.

-Quand va-t-on me remettre ce papier ?

L'homme, toujours assis sur le seuil de la classe, croise ses mains sur ses genoux.

-Après-demain !

Fathy se lève subitement.

-Quoi ? Déjà ?

Il se rassoit aussitôt. Il tremble. Ses jambes ne le portent plus. Il ne parvient plus à retenir ses émotions. Le choc est trop grand pour un enfant de son âge. Depuis le temps qu'il attendait ce moment ! Depuis le temps qu'il en rêvait, qu'il imaginait à quoi pouvait ressembler ce document ! S'il avait pu penser un seul instant que des étrangers s'intéresseraient à lui, pauvre petit nomade, peul, perdu dans un village africain, en pleine brousse ! Oui il y avait un dieu, même s'il ne savait pas vraiment lequel.

Les autres élèves courent autour du bâtiment, malgré la chaleur déjà élevée, sans faire attention à leur camarade, en attendant que Vincent leur donne l'ordre d'entrer dans la salle. Leurs cris résonnent mais Fathy ne les entend pas.

-Tu devras aller à Dakar. Je t'emmène ce soir chez moi et tu prendras le taxi demain. Tes amis t'attendront à l'arrivée. Nous en reparlerons à la récréation. Il est l'heure de travailler maintenant.

Vincent se lève mais Fathy en est toujours incapable. Il tremble trop.

-Il faut que je le dise à ma mère ! finit-il par articuler.

Vincent sourit. Le gamin commence enfin à réaliser.

-Prends ton temps et rejoins-nous quand tu seras prêt !

Il frappe plusieurs fois dans ses mains à l'intention des autres.

-Allez, c'est l'heure !

L'enfant les retrouve peu de temps après. Mais il ne parvient pas à se concentrer. Il parait sur une autre planète et un sourire ne quitte pas ses lèvres. Vincent s'amuse à le regarder. Il est si heureux pour cet enfant gentil, courageux, travailleur, plein d'ambitions, qui a rencontré les bonnes personnes au bon moment. Si seulement d'autres pouvaient avoir la même chance, et obtenir aussi ce sésame ! Son but d'instituteur n'est-il pas la réussite de ses élèves ? Réussite bloquée, anéantie d'avance à cause d'un papier manquant ? Il aura au moins eu une satisfaction, même s'il n'en est pas vraiment à l'origine.

La voiture de Vincent saute encore sur les trous de la piste. L'homme est dans un tel état qu'il ne cherche pas à les éviter. Il vient de déposer Fathy et sa mère à la gare du taxi-brousse. Il aurait tant voulu les accompagner, au moins jusqu'à leur départ. Mais il doit se rendre à l'école, sans savoir à quelle heure le chauffeur daignera prendre la route ! En espérant qu'il remplisse rapidement son véhicule. Vincent avait pourtant décidé de leur acheter un ticket supplémentaire mais il restait encore une place de libre. Il s'en veut, il aurait dû en acheter un de plus, ils seraient déjà partis pour Dakar.

Il avait emmené Fathy chez lui, à Saint-Louis, la veille au soir. Comme convenu, il avait demandé un accompagnateur, le gamin étant bien jeune pour voyager seul sur une aussi grande distance. Nora, sa mère avait confié ses autres enfants à la femme du chef du village pour le suivre. Quand Fathy lui avait annoncé la nouvelle, elle était certes heureuse pour lui, mais n'avait pas compris l'importance et les conséquences. Elle n'avait pas cet acte de naissance et avait toujours vécu sans. Elle s'était mariée et avait eu de beaux enfants, sans ce papier. Et elle vivait comme ses ancêtres, elle n'avait pas besoin de plus. Peut-être réaliserait-elle enfin en assistant à la cérémonie. Du moins Vincent l'espérait.

La femme n'était allée qu'une fois à la ville, pour voir sa fille, alternant le trajet entre le dos d'un chameau et une voiture bien abîmée. Quel ne fut pas son bonheur de monter dans celle de Vincent ! Bien qu'elle ne soit pas très démonstrative, son sourire n'avait pas quitté son visage. Pour celle, c'était une véritable aventure, presqu'un grand luxe. Et de voyager avec l'instituteur de son fils, qu'elle considère comme quelqu'un de très supérieur, est un grand honneur.

Pour poursuivre le conte de fée, Vincent a invité Nora et Fathy à diner au restaurant. Très intimidée, foulant ce genre d'endroit pour la première fois, la femme avait d'abord reculé en baissant la tête. L'homme avait dû la prendre doucement par le bras pour l'emmener jusqu'à la table. Sans doute avaient-ils déjà goûté ce style de plat, mais jamais dans ces conditions. Ils n'avaient d'ailleurs pas utilisé les couverts et, pour ne pas les gêner, Vincent avait aussi mangé avec ses doigts. Puis ils avaient déambulé dans les quartiers, sur le port. L'instituteur avait joué pour eux le rôle de guide, même si ce n'était pas lui l'enfant du pays. Pas après pas, ils étaient arrivés chez Imani, qui n'avait pas vu sa mère depuis de longues semaines. Elle avait découvert sa fille vivant dans ce qu'il lui semblait une opulence à côté de sa case de village, malgré un confort bien précaire. Elle n'avait pu retenir ses larmes.

Vincent les avait ensuite convié chez lui pour la nuit. Nora s'était arrêtée sur le pas de la porte, intimidée devant ce qu'elle considérait comme tant de luxe. L'homme leur avait réservé sa chambre, optant pour son canapé peu moelleux. Mais jamais encore Fathy et sa mère n'avaient dormi dans un vrai lit, habitués au confort spartiate de leurs paillasses, entassés les uns sur les autres. Et il avait contacté Julien sur les réseaux sociaux pour l'informer de ses démarches.

Nora et Fathy sont assis à l'arrière du taxi. Ils ont attendu une bonne heure, et avec beaucoup d'impatience, que celui-ci se remplisse. Deux touristes partagent leur trajet. Des Français ! Ceux-ci sont-ils au courant qu'ils voyagent avec des sans papiers, avec des fantômes ? Les auraient-ils aidés comme la famille Barbot ? D'ailleurs deux Africains les ont déjà abordés.

-C'est la première fois au Sénégal ?

Les Français soupirent. Eux également semblent en avoir assez de cette question rituelle. A l'extérieur, les marchands ambulants approchent rapidement, entrent dans le véhicule avec leurs chargements.

Fathy et Nora n'ont jamais vécu cette situation. Ils découvrent tout. La femme ne dit mot mais continue à sourire. Ils ont tous les deux des étoiles dans les yeux.

C'est la première fois qu'ils vont à la capitale. La première fois de tout d'ailleurs ! Une véritable aventure ! Une expédition ! Un rêve éveillé ! Aussi bien que s'ils partaient en voyage au bout du monde !

Habitués à se déplacer à pied ou à dos de chameau, et malgré une allure très moyenne, ils ont l'impression d'avancer très vite. La vitesse les grise. S'ils ne se retenaient pas, ils crieraient de joie. On ne voit que leurs dents blanches dans la pénombre de la voiture.

Les arrêts sont nombreux, et avec eux les traditionnels camelots en tous genres et envahissants. Ils observent la foule disparate, si différente de celle qu'ils côtoient tous les jours, si nombreuse à côté de celle de leur village !

Dans le véhicule, les conversations vont bon train entre les passagers. Les touristes prennent des photos.

Malgré la distance et une durée exagérée, le trajet leur parait très court. A la station de taxis, ils reconnaissent immédiatement leurs bienfaiteurs qui les attendent depuis de trop longues minutes. Romain et Fathy s'étreignent longuement comme deux amis qui se connaissent depuis toujours. Des larmes coulent de part et d'autre. Charline tapote doucement l'épaule de Nora. Celle-ci commence-t-elle à réaliser la chance de son fils ? Et la sienne aussi de découvrir des sensations qu'elle n'aurait jamais vécues ?

-L'après-midi n'est pas très avancé. Je vous propose de visiter la ville ! annonce doucement julien.

Il s'était renseigné la veille auprès d'Amadou sur les circuits des bus dakarois. Le guide leur avait conseillé les Dem dikk, des cars couleur moutarde avec un réseau bien défini, un peu semblables à ceux de France. Ils auraient bien préféré, pour le folklore et le dépaysement, prendre les véhicules plus petits, très colorés et cabossés, du style qu'ils avaient admiré à Saint-louis, mais sans trajet précis. Donc, à moins d'un énorme coup de chance, les Barbot et leurs amis risquaient fort de se perdre. Peu importait, cette balade représente une nouvelle expédition pour les deux Africains qui s'installent près des fenêtres pour mieux profiter du voyage.

Les Français décident de leur montrer des monuments spécifiques de la ville, des choses que Fathy et sa mère n'ont jamais vues, comme la statue de la renaissance africaine ou le phare des Mamelles. Ces visites, aussi rapides soient-elles, arrangent bien Julien, qui n'en avait pas profité avec ses enfants, pour cause de rendez-vous avec l'ambassadeur. Romain et Clément auraient souhaité voir autre chose, malgré la beauté des lieux. Alors, pour compenser, ils choisissent de jouer le rôle de guide. C'est assez amusant et leur permet d'apprendre de nombreux détails à leurs nouveaux amis. A moins que ce ne soit pour les épater.

Les deux Sénégalais, chargés d'émotion, alternent rires et larmes, bougent sans arrêt, tournent la tête dans tous les sens, regardent partout, s'émerveillent, comme des enfants devant un nouveau jouet.

-On va rentrer à l'hôtel ! propose Julien alors que la nuit tombe.

L'homme avait eu beaucoup de mal à leur trouver une chambre. L'établissement où ils se trouvent affichait complet. Il aurait pu leur louer quelque chose dans un hôtel bas de gamme. Mais il souhaitait avant tout leur prolonger leur rêve. Il avait donc envisagé un instant de dormir dans la même chambre que les garçons, en dépliant la banquette ou en demandant un lit d'appoint, pour leur laisser sa place. Jusqu'au moment où la réceptionniste lui avait signalé un désistement.

Il voudrait bien accompagner Fathy et sa mère à leur chambre avant de les inviter au restaurant, pour voir leur réaction. Emotion ou satisfaction personnelle, il ne saurait le dire. Peut-être tout simplement vivre les différentes phases avec eux !

Après un long trajet sous une chaleur torride, un brin de toilette serait agréable. C'est alors qu'il remarque qu'ils n'ont rien emporté ! Aucun sac, aucun effet personnel ! Il en est presque gêné. Sans doute n'ont-ils pas grand-chose, que le minimum vital. De plus, ils n'ont l'habitude, ni des voyages comme celui-ci, ni de ce genre d'endroit. Ils ne se doutaient certainement pas de ce qu'ils allaient faire, où ils allaient atterrir.

Il les emmène donc directement dîner. Si, la veille, Nora et Fathy, en compagnie de Vincent, avaient mangé avec leurs mains, cette fois ils regardent décontenancés les couverts tout en gardant leurs mains sur leurs genoux. Ils attendent devant leurs assiettes pleines, de voir comment leurs amis se servent de ces engins pour les imiter, pour ne pas leur faire honte. Peut-être aussi pour apprendre ou profiter à fond de leur aventure.

En sortant, ils s'arrêtent devant la grande piscine, avec son eau transparente et tiède, éclairée par de magnifiques lampadaires. Deux personnes y effectuent déjà quelques longueurs. Une autre s'amuse à y sauter en éclaboussant les alentours.

-Un petit plongeon avant de dormir ? propose Charline.

Les Barbot y étaient déjà venus la veille et avaient apprécié ce petit bain nocturne. La femme se ravise aussitôt. Fathy n'a pas emporté de maillot de bain. En a-t-il d'ailleurs ? Est-il déjà entré dans une piscine ? Sait-il nager ? Elle ne souhaite pas le mettre mal à l'aise. Pourquoi, une fois encore, a-t-elle réagi comme une Française habituée à ce genre d'installation !

Romain et Clément ne remarquent pas le malaise de leur mère. Ils ont déjà ôté short et tee-shirt et sauté dans l'élément liquide. Ils veulent profiter à fond de leur dernier soir au Sénégal.

-Elle est vraiment bonne !

Fathy se contente de s'asseoir sur le bord et de tremper ses pieds, imitant Julien. Quant à Nora, son long boubou ne lui permet pas ce genre d'initiative et elle préfère rester debout à découvrir ce monde nouveau, cet univers de luxe qu'elle ne verra certainement qu'une fois dans sa vie. Un monde qu'elle apprécie certainement sans forcément le comprendre. Impossible de savoir ce qu'il se passe dans sa tête !

Clément vient d'éclabousser Fathy dans un grand éclat de rire. Le jeune Africain est surpris, peut-être même gêné. Il n'est pas habitué à jouer avec de l'eau, à la gaspiller ! Aller remplir des seaux au puits est souvent éprouvant pour lui. Il connait le poids de chaque goutte. Il ne sait pas comment réagir devant ses amis français, devant cet univers inconnu.

Charline les observe quelques instants depuis le bord, debout elle aussi, les doigts coincés dans les poches de son bermuda bleu. Puis elle donne l'ordre de rentrer.

-Au lit ! Demain sera encore chargé d'émotion. Il nous faut un peu de repos avant !

Les Français accompagnent leurs amis jusqu'à leur chambre pour leur éviter de se perdre dans le dédale de couloirs et de portes d'un bâtiment trop grand pour eux.

En ouvrant la porte, Fathy est aussitôt attiré par le poste de télévision. Est-ce la première fois qu'il en voit un ? Ou est-ce pour lui une fascination devant une privation ? Julien saisit la télécommande sur la tablette près de l'appareil et lui allume l'écran. Une image et un son clair emplissent la pièce. Nora s'assoit sur le bord du lit et n'en détourne pas le regard. Les Barbot décident de s'éclipser en silence, les laissant à leur bonheur éphémère, gagné grâce à Fathy et à sa demande d'identité. Julien se demande s'il fallait leur expliquer le fonctionnement de la douche. En ont-il déjà pris une vraie dans leur vie, en dehors des pichets d'eau renversés sur la tête ? Et les toilettes ? Le Français a tant à apprendre d'eux, de leur quotidien, sans pour autant les froisser.

Réveillé grâce à l'alarme programmée de son téléphone, Julien se rend aussitôt à la chambre de Fathy. Mais sa mère et lui sont déjà levés depuis longtemps, habitués à vivre à l'heure solaire. Ils hésitaient à sortir, appréhendant l'inconnu de cet hôtel. Le Français n'ose leur demander comment s'est passée leur nuit. Certes, ils avaient déjà couché dans un lit, sur un matelas douillet, la veille chez Vincent. Comment ressentaient-ils ce confort, eux qui dormaient depuis toujours sur des paillasses ? Et la douche ? L'avaient-ils testée ? Savaient-ils comment elle fonctionnait, tout comme le robinet du lavabo d'ailleurs ?

Fathy avait revêtu les mêmes vêtements que la veille. Et pour cause, il n'avait rien d'autre. Le t-shirt est usagé et décoloré. Même s'il avait été prévenu plus tôt de ce voyage, Julien n'est pas certain qu'il en aurait acheté un neuf. Il a pitié pour l'enfant qui ne peut pas se présenter devant l'officier d'état civil dans une tenue pareille, pour un acte aussi important pour sa vie ! Les entraînant avec lui, ils repassent par la chambre de Romain. Fouillant dans le sac, il lui donne un polo de son fils, un haut tout simple, bleu uni. Fathy, intimidé, n'ose pas le passer. Julien insiste.

-Tu es très beau ainsi ! Maintenant, on va vite manger car on nous attend.

Les deux Sénégalais n'avalent pratiquement rien. Ils ne sont pas habitués à ce genre de mets à cet instant de la journée. Et Fathy est si stressé sur le déroulement de la matinée. Il ne tient pas en place, sa respiration est rapide. Son cœur doit battre la chamade. Ce n'est pas vraiment le garçon que Vincent leur avait décrit, sage, sérieux, toujours la tête dans les cahiers.

Julien a aussi du mal à manger. Il est autant excité que le garçon.

-Allez, on se dépêche !

Romain est prêt. Clément et Charline, l'appareil photo déjà en bandoulière, sont dans le même état que lui. Inutile de traîner, autant attendre sur place ! Ils ont choisi le bus pour se rendre à l'hôtel de ville. Julien regarde sa montre, ils ont encore le temps. Il emmène son groupe doucement jusqu'à l'arrêt. La chaleur n'est pas à son comble et marcher un peu leur fera le plus grand bien.

Fathy reste toujours dans son rêve, gardant un regard fixe et un sourire aux lèvres qui découvre une rangée de dents blanches. Quant à sa mère, elle suit le mouvement sans vraiment comprendre ce qu'il lui arrive.

Après un trajet interminable pour tous, ils parviennent enfin devant la mairie. Derrière le grand portail vert, un monumental bâtiment blanc se dresse. Devant l'une des cinq arches, une femme les attend. Elle est très chic, vêtue d'un magnifique tailleur bleu pâle qui fait ressortir la couleur de sa peau. Elle se dirige vers eux avec un large sourire.

-Fathy, je suppose ?

Elle tend une main amicale à l'enfant. Subitement très intimidé, celui-ci hésite à lui serrer. Il ne semble pas habitué non plus à ce genre d'accueil. Sa mère, quant à elle, baisse la tête.

-Et la famille Barbot ! Ravie de vous connaître ! J'ai tant entendu parler de vous !

Elle serre d'une poigne ferme la main de Julien et embrasse tendrement Romain, Clément et Charline.

-Je me présente : je suis la ministre de la famille. C'est avec moi qu'a traité l'ambassadeur de France que vous avez rencontré.

-Nous sommes ravis de faire votre connaissance. Nous ne pensions pas que vous assisteriez à cet événement, répond Julien d'une toute petite voix.

C'était la première fois qu'il rencontrait un ministre, et il fallait que ce soit à l'étranger.

-Je suis très sensibilisée à ces problèmes. Mais la tâche est énorme dans ce pays, comme dans les autres pays concernés d'ailleurs. Nous avons la plupart du temps à faire à une population pauvre, nomade, difficilement repérable, explique la femme.

Elle consulte sa montre.

-Nous attendons l'officier d'état civil. L'ambassadeur a tenu aussi à se joindre à nous. Mais vous êtes un peu en avance.

Elle lève une main.

-Ce n'est pas un reproche. J'imagine que le jeune garçon ne voulait manquer cela pour rien au monde, quitte à dormir par terre devant l'hôtel de ville pour être à l'heure.

Elle sourit, montrant des dents blanches parfaitement alignées, qui n'altèrent en rien la beauté de son visage et ses traits fins malgré un âge déjà mûr.

-Mais c'est Amadou là-bas ! s'exclame Clément en montrant du doigt le portail.

Emu par la démarche des Français pour l'un de ses compatriotes, le guide avait tenu à assister à la cérémonie. Lui avait eu la chance d'être déclaré à l'état civil à sa naissance par ses parents. Il avait ainsi pu devenir ce qu'il est, c'est-à-dire faire un métier qu'il a choisi, obtenir un permis de conduire, pouvoir se déplacer, voter, bref faire tout ce qu'un humain devrait pouvoir réaliser. Et il espère tant pour l'avenir du jeune Fathy. Mais il regardera de loin, il n'ose pas approcher. Avec un grand sourire et un geste de la main, Julien lui fait signe de les rejoindre. L'homme avance doucement, un peu gêné, intimidé.

L'ambassadeur le double à vive allure, se rend directement près de Julien et lui balance une grande accolade en signe d'amitié et de reconnaissance. Il salue ensuite généreusement Fathy et sa mère et se dirige vers la ministre lorsque l'officier d'état civil sort sur le perron. Seul Vincent manque au rendez-vous et il doit tant le regretter. Julien lui enverra des images.

-Nous sommes maintenant au complet, annonce la ministre. Je vous invite à avancer jusqu'à la grande salle.

Elle prend la main de Fathy dans la sienne et ouvre la marche. Elle l'installe debout, près d'un pupitre, face à la pièce. Elle propose à Nora de se placer près de son fils. Les deux Sénégalais sont gênés, très intimidés, peu habitués à se trouver sous les feux de la rampe, et encore davantage devant un ministre. Face à eux, Charline filme un événement exceptionnel auquel aucun de ses amis n'assistera jamais, dont on ne parle pas à la télévision française, une histoire dont on pourrait tirer un film.

L'officier d'état civil arrive d'un pas solennel près du jeune garçon, exposant entre ses deux mains une sorte de diplôme. De jolies inscriptions incurvées indiquent entre autres son nom, son prénom et sa date de naissance supposée. Il s'arrête devant lui.

-Fathy, je te remets ce jour ton acte d'état civil. Fais-en bon usage. Tu es maintenant citoyen à part entière de notre pays. Je te souhaite la bienvenue dans notre société.

Il donne enfin le document à l'enfant, figé sur place. Les petites mains tremblent en prenant le précieux sésame, et Julien repère une larme qui coule de ses yeux trop brillants.

Tous applaudissent. Nora semble commencer à se rendre compte de l'importance de ce papier pour son fils. Son visage trahit une grande émotion et surtout une énorme fierté. C'est le premier de ses enfants qui réussit à devenir Sénégalais, qui pourra poursuivre ses études et probablement devenir quelqu'un, se sortir de cette galère qu'elle a toujours connue. Elle le serre dans ses bras et l'embrasse pudiquement sur la joue.

Julien est ravi d'avoir assisté à cette cérémonie. Aussi brève fut-elle, il suppose pourtant qu'elle a été allongée volontairement, mise en scène pour l'occasion, pour ces touristes qui se sont investis. Peut-être aurait-il préféré assister à ces audiences où plusieurs actes sont remis en même temps, pour se rendre compte réellement des coutumes, des difficultés que subissent ces gamins, de cette émulation de groupe.

-Merci !

La voix de Fathy est faible, comme bloquée dans le fond de sa gorge nouée par l'émotion. Il avale difficilement sa salive et relève la tête.

-Merci à tous ceux qui m'ont aidé ! A vous madame la ministre, à vous monsieur l'ambassadeur, à vous monsieur l'officier d'état civil, et surtout à vous mes amis français. Oui j'en ferai bon usage.

Julien est surpris. Fathy parle déjà comme un adulte, comme quelqu'un de responsable, comme s'il avait répété son discours pendant des heures. A son âge ! Ou pour prouver qu'avec ce document, il va pouvoir devenir un homme, un vrai, avec ses devoirs mais surtout ses droits. Nora essuie discrètement une larme.

La cérémonie ne traîne pas. La ministre et l'ambassadeur ont autre chose à faire. Julien apprécie qu'ils aient déjà pris sur leur temps pour accéder à sa demande.

Les Barbot et leurs hôtes ont du mal à quitter la cour de la mairie. Charline y a d'ailleurs organisé une séance photos, pour ses souvenirs de vacances, mais aussi pour Fathy. Elle lui fera parvenir par Vincent depuis la France.

Après un rapide repas, les Français ont déposé leurs amis sénégalais dans un taxi-brousse afin qu'ils rentrent chez eux. Ils arriveront tard, à la nuit tombée. Pourtant, le trajet leur semblera certainement court. Ils n'auront pas assez de temps pour revivre en pensée leur aventure, aussi courte fut-elle. Plongés dans leur bulle, ils ne se soucieront sans doute pas de leurs voisins de voyage et de leurs conditions de transport. Ils dormiront à nouveau chez Vincent, qui les reconduira au village le lendemain. Ils auront tant de choses à raconter à leurs congénères, des sensations que les autres ne vivront probablement jamais. Fathy leur montrera son papier et fera certainement de nombreux envieux.

Comme prévu, Amadou a pris en charge Julien et sa famille. Après avoir effectué leurs derniers achats et récupéré leurs bagages à l'hôtel, il les a emmenés à l'aéroport. En les laissant à la porte, il leur a tous donné une accolade qui en disait long sur son émotion. C'était probablement la première fois que des touristes apportaient ainsi une pierre à l'édifice de son pays, et peut-être la dernière fois. Mais une chose est certaine, c'est que, dorénavant, il ne manquerait pas d'aborder cet aspect social avec les gens qu'il transporterait.

En attendant l'heure d'embarquement, la famille parcourt les boutiques. Charline dépense les derniers francs CFA qu'elle n'a pu échanger en achetant quelques broutilles qu'elle offrira à son retour ou qui garniront un coin d'étagère.

Romain et Julien sont allés s'assoir. Ils sont pensifs mais heureux, les yeux dans le vague et un sourire permanent. Ils vont voyager de nuit. Si Romain s'endormira rapidement, Julien n'est pas certain de trouver le sommeil. Il ne pourra jamais oublier ces images, ces émotions, ce petit homme qui l'avait choqué au début en demandant d'emblée le passeport de son fils. Maintenant il pourra obtenir le sien, avec son nom et sa photo.

Il gardera des contacts avec Fathy par l'intermédiaire de Vincent. A partir de ce jour, son avenir lui appartient et Julien est certain qu'il saura en faire quelque chose de bien.

www.ingramcontent.com/pod-product-compliance
Lightning Source LLC
Chambersburg PA
CBHW062142150726
47991CB00006B/2153